『では、まずは挨拶代わりに一撃、
叩き込むとしましょうか！』
アオイの言葉に合わせるように
腕に、手に、その強大なエネルギーを集中させる。
龍王の息吹《ドラゴン・ロード・ブレス》

「うわっ!?　今のリントくん!?
すごい威力だ!」
「本当に……凄まじいですねこれは」

脱法テイマーの成り上がり冒険譚
～Sランク美少女冒険者が俺の獣魔になっテイマす～
4
すかいふぁーむ
イラスト 大熊猫介

CONTENTS

プロローグ

エルフの森を焼こう！　と騒いでからしばらく。

順調に進む開拓の裏で一つだけ問題が発生していた。

それは……。

「確かに、このままですとご主人さまは死にますね。ハイエルフとの戦いで」

寝室のベッドに座りながらさらっとリリィが言う。

寝室はもうパーティーの集会所となっており、こうして集まるときはだいたいここだ。

リリィの言葉は言外に「まあ死んでも生き返らせます」とかついていそう……というか、ついてるこれは間違いなく。

ただ生き返らせる前に死ぬことが問題なんだ。

誰だって死にたくはない……。

「リントくん、強くならなきゃね」

「やっぱり……」

「ご主人、自信を持て。今でもご主人は十分強い。ただ周りが化け物なだけだ」

化け物筆頭のベルが慰めてくれた。

「なんか申し訳なくなってくるわね」

「あはは。まあ強くなればいいだけだから！」

ティエラの言葉をビレナが笑い飛ばす。

まぁこのメンバーはいいだろう。

俺ともう一人、他人事ではない人物がいた。

「私はリント殿と同じく強くならなければついていけんな……」

バロンとて神国最強、Sランク級の実力者ではあるんだが、このメンバーの中にいるとこうなってしまうわけだ。

「じゃ、とりあえず二人は特訓だ！」

ビレナが笑顔で言う。

「エルフの問題も邪龍の問題も少し時間はありますし、ひとまずそうしましょうか」

ビレナとリリィが方針を決めると、ティエラがそれに乗っかる形で提案する。

「あ、だったらついでに私、久しぶりにクエストに出たいわね」

「いいねいいね！　この前曖昧になったし、ベルとバロンも改めて冒険者登録しちゃうといいよ！」

「ならギルドのクエストを受けつつ強くなっていく……か」

こうしてまとめるとやっていることはこのフレーメルで冒険者をやっていたときから変わらないな。

キュルケと目を合わせると同じことを考えていた様子でうなずく。

「Sランクパーティーにならないとだからね！」

「全員がSランクであれば文句はないでしょうし、それを目指しましょう」

「実力で言えばもう満たしているでしょうし、実績だけかしら？」

「そうそう！」

王都にたどり着く前の俺なら雲の上の話だったが、今はビレナたちの会話にギリギリ実感が持てる。

なんせもう、俺もAランクの冒険者になったのだ。

プロとして食べていけるCランク。

その中でも一握り、上位の冒険者と言われるBランク。

そしてその上。

Sランクなど大陸を見渡すどころか、歴史を見渡しても限られたランクであることを考えれば、事実上最上位ランクとされているのがAランク冒険者なんだ。

夢のような世界に来た。

そしてここまで来たら、もうこんなところで止まる気もない。

「アンタには私も付いてるんだからこんな程度で終わられたら困るのよ」

リアミルがふわふわと俺の肩に着地しながら言う。

カゲロウもSランクの魔物だし、リアミルは幻術だけでSランク相当と言われるだけの力を持っていた。キュルケもギルも強くなっている。

これだけ恵まれた従魔に囲まれていながら上を目指さないわけにはいかないだろう。

「ベルとバロンは前回の口約束を信じるならAランクにはなれると思うし、あとはティエラだけど……」

「ティエラは冒険者の申請はしてたよね？」

「ええ。一応Bランクまでは上げたわ。そこから先は時間がなくて、ね」

さらっと言ってるけどBランクってそれだけでも一生分の稼ぎが保証されるような……いやまぁ女王様なんだしそのあたりは関係ないのか。

それに一撃しか見てないけど、あれはSランクの世界のものだった。時間の問題だったというのは見栄でもなんでもない事実だろう。

「じゃ、一回フレーメルのギルドでちょうどいいクエスト探してから行こっか」

「全員か？」

「たまにはいいんじゃない？」

ニヤッと笑うビレナ。

周りを見ても誰も否定はしなそうだった。

「まあ、いいか」

「うんうん！　いこいこー！」

「待て待て、先にルミさんに色々伝えておかないと……」

開拓についてしばらく丸投げになるんだから。

それにこのメンバーが全員でギルドに押しかけたら色々パニックになるだろう。

竜の大群より強い集団だしな。

「ふふ。楽しみですね」

なんだかんだ色々と準備をしてから、改めて俺たちはパーティー全員でフレーメルのギルドに向かったのだった。

◇

「いやぁ……壮観だねぇ……」

クエルの顔が流石に引きつっている。

理由は簡単だ。

Sランク獣人ビレナ。

聖女リリルナシル。

滅竜騎士団長バロン。

七大悪魔ベル。

エルフの女王ティエラ。

今は肩に乗るだけのリアミルも、幻術だけで似たようなレベル。

一度にSランク級の実力者が集まったのだ。

しかも全員容姿も目を惹くものがある。

実力者が集うとはいえ、片田舎のフレーメルのギルドにここまでの面々が集うことは今までなかったのだ。

いやそもそも、大陸中見渡してもこれだけ壮観なパーティーはいないかもしれない。

ギルド中の注目が俺たちに集まっていた。

「それで、世界でも滅ぼしに来たのかい?」

「そんなわけないだろ。普通にクエストをもらいに来ただけだ」

「あはは。わかってるさ。でもちょーっと待ってくれるかな。ルミくんに連絡を受けてすぐ動き出したんだがねぇ。そう都合よく君たち用の依頼なんてまとまらないのさ。ほら、これしかない」

その手にはすでに一枚の依頼書が握られていた。

回りくどいというかなんというか……。

ニヤッと笑ったクエルから依頼書を受け取る。

「これは……」

「求めていたのはこういうのではないかな? 流石に君たちを苦戦させるような依頼書なんてないけ

れどねぇ」

クエルが苦笑する。

まあ、そんな依頼書ほいほい出てこられたら国が滅ぶからな……。

そんなことを考えているとビレナが渡された依頼書を背中越しに覗き込んでくる。

「おっ！　楽しそーじゃん！」

「そうですね。ちょうどいいかと」

リリィも乗って来る。

「そもそも選択肢がないのだろう」

「私はどれでも。久しぶりのクエストだし」

「というわけじゃご主人。さっさと行くぞ」

バロン、ティエラ、ベルもそれぞれ同意を示す。

「詳細はここに。ああそれから、全員冒険者登録の都合はつけておくから安心してくれていい」

「おお」

「女王様については記録も残っていたしねぇ」

「それは何よりね」

ティエラの登録も残っていたらしい。つまりBランクから始められるということだ。

ひとまずここで確認しないといけないことはクリアできたな。

「じゃあ、行ってくる」

「君たちに言うべき言葉か迷うけれど、気を付けて行って来るのだよ。君たちはもはや何かその身にあるだけで国が動くのだからねぇ」

クエルが言う。

確かにそうだな……。

「ありがとう」

「ああ。ルミくんにもよろしくたのむ」

ふらふらと手を振るクエルに背を向け、俺たちはギルドを後にする。

目的地はゴラ山脈。

推奨ランクAの、危険地帯だった。

第一章　ユキウサギ

ゴラ山脈。

神国領土の北東にかかる山脈であり、これを越えた先は海になっていて地図もない。王国民にとっては世界の果てであり、またその過酷な環境とモンスターのレベルの高さから熟練の冒険者たちの命をいくつも奪ってきた最悪の土地の一つだった。

フレーメルのギルドでちょうど用意されていたクエストだが、ビレナ相手に出すだけあってレベルの高い依頼だった。

「よくこんな依頼があったなぁ」

「ユキウサギの素材獲得、最大五千匹。楽しそうだよねえ！」

あのあとルミさんに聞いたんだが、本来フレーメルギルドはルミさんがいない影響もあり書類整理もままならないほどバタバタしているとクエルが嘆いていたらしい。

そんな中でもしっかり準備してくるあたりは流石だった。

「このクエストなら人数がいても大丈夫ですからね」

リリィが空を飛びながら笑う。

俺、ベル、リリィは飛行能力があるので空を飛び、ギルにバロン、ビレナ、ティエラが乗っている。

いつの間にか当たり前のようにギルが三人を乗せられるようになったことが感慨深いな。

ちなみに多分、ビレナは走った方が速いし、ティエラも飛ぶなりなんなりできそうではあるんだが、話をするためにもこんな感じにしている。

「私の冒険者登録も生きていてよかったわ。人間からすると少し時間が経っていたかもしれないけど」

なんとなくあんまり深く聞けないけど、エルフは長命だし色々あるんだろう。

それはそれとして……。

「さてとー、どうかなー？　リントくん」

「ああ……可愛い、んだけど寒くないのか？」

「ふっふっふー。寒さは他の手段でなんとかするからねー！」

ビレナの装備は胸部分を覆うもふもふしたものと同じ素材でホットパンツのようなもの。そしてフードに長いうさみみという愛らしいものだった。

嫌がるベルにも身に着けさせており、ティエラはこういったことには抵抗がないらしくノリノリで同じ装備に着替えていた。

リリィもいつも通りのテンション。バロンはもはや拒否する気力もなかったようだ。

「露出は普段より少ないのになぜか恥ずかしいな……」

「水着と同じようなものじゃないですか。似合っていますよ？　バロン」

「くっ……」

楽しそうにバロンにリリィが微笑みかける。リリィも同じものを着てるんだけどな。

胸がこぼれそうでこちらが気が気じゃないんだけど。

「こんな屈辱……覚えておれよご主人！」

「俺は何もしてないだろ?!」

「どうせこやつらに怒っても無駄であろう！　ご主人に怒りをぶつけておるのだ！」

「理不尽な……」

ベルも普段の方が露出が激しいくらいなんだけど何故か恥ずかしそうだった。

「にしても、目立つなぁ」

引き締まったスタイルに獣人特有の愛くるしさとパワフルさが魅力のビレナ。

爆乳を布が覆い切れていないリリィ。

髪色や表情も相まって愛くるしい姿がギャップになるバロン。

小柄な身体ながら妖艶さを携えるベル。

そして言うまでもなく誰がどう見てもきれいな芸術品、ティエラ。

ティエラにはこれまでのメンバーにはなかった特有のオーラがある。エルフとしての神々しさに加えて、王というのが所作に現れているからだろうか。

「それはそうと、そろそろ見えてきたぞ」

バロンの言葉に前方に注意を向ける。

そびえたつ雪山には雲がかかっていてその全貌はまだ見えない。

「ユキウサギなんか王都周辺じゃ丸一日かけて一匹でるかどうかだよな……」

ユキウサギ。ツノウサギの白変種と言われ、その希少性から純白の毛皮やブルーに輝く角は高値で取引されている。

一応王都周辺でも目撃情報はあるんだが、これから向かうゴラ山脈では群れ単位でユキウサギの存在が確認されている……らしい。見たことはないのでわからないが。

むしろ今は数が増えすぎて少し厄介なことになっているということで、この依頼も通ったのだろう。

「一匹でも金貨が動きますからね」

「やっぱりすごいな……」

金貨なんて普通に生きてたら見ることすらないレベルだというのに。

最近になってちょっと金銭感覚がおかしくなってきてるけど。

「ほんとに五千匹持って行っちゃって驚かせよー！」

五千匹すべてを納品した場合もはや大商人の年間売上に並ぶんじゃないだろうか……。そもそも誰がそんなに依頼をしたのか。

というより……。

「そんなにいるのか？」

いくら増えてると言っても、王都周辺じゃ一匹でも大変なのに五千は無茶だと思っていたが……。

「ゴラ山脈ならユキウサギって普通にいるわね」

「うんうんー」

「そうなのか」

「王都に現れるユキウサギも、ほとんどコレクターが逃したものと言われていますからね。通常、人が踏み込まない山脈ではツノウサギのようにしっかり繁殖しています」

「なるほど……」

いやでもそうなると別の問題が発生する。

ツノウサギでも百匹集まればCランクが死にかねない。

Cランクは冒険者として十分な力がある人間で、一般人とは戦闘力がまるで異なるというのにそれなのだ。

ユキウサギは上位互換。本来はぐれた単体個体しかいないので危険度という意味は意識されることはないが……。

「ツノウサギと同じように巣で暮らしていますからね」

「そうそう！　むしろその辺で一匹だけ見るのが珍しいからねー」

リリィとビレナが言う。

「巣というが、もし千や二千が同時に襲い来るとなれば私は困るぞ」

そう、バロンの言葉の通りなんだ。

ツノウサギの上位個体が千単位で襲ってきたらひとたまりもない。

確かツノウサギと比べて単体でランク一つ半、危険度が上がっていたはず。

加えてこの環境だ。氷狼たちと戦ったときに痛感したが、俺は従魔頼みで環境の変化についていけないこともある。

ゴラ山脈は氷狼たちのいたあの山脈よりも厳しい場所だ。

「確かにゴラ山脈のユキウサギはその辺のユキウサギとはちょっと違いますが、もうご主人さまからしたら大した問題ではないんじゃないでしょうか？」

「むしろ加減できるかどうかが問題だよね」

「そうなのか……？」

「はい。納品ですからね。ジャイアントヘラクレスのときみたいにぐちゃぐちゃにしちゃわないようにしてもらわないと」

「あら。そんな楽しそうなことしてたのね」

ティエラが笑う。

確かに納品のためのクエストはそれはそれで問題だったが、ジャイアントヘラクレスの時はそもそも勝つか負けるかから始まっていたからな……。

ユキウサギは千匹単位で出現し捨て身の攻撃を放つのでその危険度はA級に匹敵する。

けどまぁ、俺ももうAランクなんだよな……。

このクエストが適正ランクになっていることに驚きつつも、慣れていかなくてはと意識を切り替えた。

要するに今回はジャイアントヘラクレスの時と違って、加減も含めて頑張らないといけないというわけだ。

そしてそんな話をしていると……。

「ギルは途中までだね、ここから先は寒いし、危ないから」

「グルゥ……」

ギルが残念そうに声を上げる。

「そこまで過酷なのか」

これまでもギルは戦場からなるべく遠ざける形にしていたが、今回はいつもより早い気がする。

「そうね。ちょっと危ないかしら。私たちも、あれがないといけないいわね」

「あれ……？」

何か必要なのかと思っていると、リリィが教えてくれた。

「ここから先は環境が非常に厳しくなります。寒さだけでなく、そもそも天候が荒れれば呼吸すら難しくなりますから」

「え……」

そんなとこに行こうとしてたのか……。

「最低限のものくらいはみんな持っているだろう？」

バロンがギルの上から言うが、俺は存在すら把握していなかった。

いや一応、環境に適応するためのものがあることは知っているが、触れる機会がないから思考から外れていたのだ。

「魔道具か……」

とはいえいつも通り収納袋から出てくるかと思ったが、今回はそうではないらしい。

「カゲロウちゃんとティエラがいるから任せちゃおっか」

「任せる？」

「作ってしまうんですよ。この場で」

「え……」

あっさり言うけど魔道具の生成って……いやまありリィたちなら何でもありか……。

「私も手伝いましょう。ベルちゃんもどうです？」

「おい……どこまでのものをつくるつもりだ」

ベルが驚く。

魔道具の生成はかなり高等技術ではあるが、当たり前のようにベルもできるらしい。

ちょっと話がいつもより大がかりな点以外はもはやいつも通りの光景だった。

「どうせならしっかりしたものをと思いまして。せっかくこんな服ですからね」

「このままゴラ山脈に入るのか……？　正気か？」

バロンが言う。

まあ正気じゃないのもいつものことだな……。

「にゃはは。楽しそう。カゲロウちゃんに頑張ってもらわなきゃね」

「そうね。旦那さま、カゲロウちゃんをお願いします」

「ああ……」

言われるがままにカゲロウを召喚する。

「キュクー！」

光に包まれて顕現するカゲロウは神々しさがあるが、出てくるなり擦り寄ってくるので可愛いが勝る。

いつも通りじゃれ合っていたんだが、ティエラが驚いた表情を浮かべていた。

「この子……改めてすごいわね」

「そうなのか？」

「ええ、エルフって精霊との交渉を得意としているんだけど、この子との交渉は普通なら難航するわ。今は旦那様のおかげで問題なさそうだけれど」

今のカゲロウは出てくるなり腕に擦り寄ってきているのでもはやただの可愛い相棒だからな。まぁ戦ったときは死ぬかと思ったけど。

「ふふ。旦那さまの力ね。さて、ちょっと手伝ってもらえるかしら」

「キュクー？」

俺に伺いを立てるように首をかしげたので頷いて送り出してやる。

「じゃ、行くわ」

「キュクー！」

ティエラが何かを唱えるとカゲロウの炎がゆらめきはじめる。

「キュククー」

カゲロウが気持ちよさそうに目を細めて鳴くと、炎が分離するようにいくつかの結晶になった。

「これは……？」

「精霊石。上位の精霊は下位の精霊を操れる。これはその力を込めた魔道具。これだけでも効果はあるけれど……」

Cランク冒険者には無用の長物だったが、上位の冒険者はフィールドが過酷になっていくので必需品の一つらしい。

これがあれば海の中でも空を高く飛びすぎたときでも呼吸ができたり、寒さや暑さへの対応などもできるという。なんでも周囲にいる形のない下位の精霊を無意識に従えることでそれを実現しているらしいが、まあ持ってれば安心の便利アイテムという認識をしておいた。

「リリィ」

「はい。ベルちゃん、一緒に」

ベースはカゲロウとティエラが構築したが、補強する形でまた何かリリィが魔法を使う。

ベルの魔力も借りるほどだ。

相当な気合いの入りようと見える。

「おお……」

結晶がさらにまばゆくなっていき……。

「できました」

光がそのまま、宙に浮かんだそれぞれの結晶に収束していった。

「完成ー！」

ビレナが早速それぞれ手に取って配り始める。当たり前に空中を移動してるが気にしないでおこう……。

「とんでもないものを作ったな……」

「ベルが驚くほどすごいのか？」

「考えてみよ。これだけの力を込めたのだぞ」

まあそうか……。

ビレナは全員に配り終えてギルのもとに戻ると、軽い調子でベルにこう言う。

「ありがとねー！」

「旦那さまは精霊憑依が完璧になればこれも必要ないのだけど」

「まだ不安定だからなぁ」

「キュクゥ……」

俺がそう言うとカゲロウが申し訳なさそうにうなだれた。間違いなくカゲロウではなく俺に原因があるんだけどな……。

「ま、今回嫌でも練習になるから」

ニヤッと笑ったビレナとともに、ここからはギルと別れて山登りになったのだった。

◇

「とうちゃーく！」

「魔道具のおかげで感じないけど、相当寒そうだな……」

ゴラ山脈は高難度ではあるが一応冒険者の活動場所だ。

ちょうどいい場所にバンガローが作られており、一応雨風……この場合雪と寒さから身を守る施設が用意されていた。

ユキウサギの依頼はある程度ばらまかれていたようで、俺たち以外にも冒険者がちらほら見受けられる。

流石にAランク推奨クエストだし、そもそもこの過酷な環境。

集まっている冒険者たちもオーラが違った。

「私たちくらいね。こんな格好」

ティエラが笑う。

まあ雪山には似つかわしくない可愛らしい女の子たちだし、ふざけてると思われてもおかしくない恰好だからな……。

他の冒険者たちはきっちり防寒具に身を包んで寒さと戦っている様子だ。

「この魔道具、やっぱすごいんだな」

フレーメルで冒険者をやっていたときは考えたこともなかった魔道具ではある。

とはいえここはAランク推奨の場所だし、他の冒険者もある程度のものは持っていると思っていたが……。

「通常のものでしたらこの場所にくる冒険者なら入手は可能ですが……これは特別ですからね」

リリィが言う。

確かにティエラありき……というか、リリィもベルも手を加えているわけだ。

元となる炎はSランク超級の魔物、炎帝狼カゲロウのもの。

限られた上位冒険者であれば皆同じ条件になるかと思っていたが、こうして状況を整理すると話が変わるな。

「こんなものが市場に出たら大変なことになるぞ」

バロンが言う。

「そこまでか」

まあ、周りの寒がり方を見る限りそうなんだろうけど……。

突然美少女たちが現れたということもあるが、それ以上にこの格好でこの場所にいられることに驚いて興味を示す冒険者たちが多い。

「ねーねー。せっかくだし競争しない？」

色々考えているとすでに準備運動を始めているビレナがそんなことを言い始める。

俺が疑問を口にはさむ前にティエラとリリィが同意した。

「いいわね」

「ふふ。楽しそうですね」

こうなるともうやる流れだが、遅れて常識枠の二人が反応を示す。

「なんだ、それは私も入っているのか？」

「私は競争なんてやっている場合だろうか……」

ベルとバロンがそれぞれつぶやく。

ベルは割と目がやる気だな。

バロンと俺だけはそれどころじゃないという顔をしていたが……。

「と、いうわけで勝った人が負けた人にお願いをできるでどう？」

「いいのね？」

ビレナの言葉にティエラがニヤッと笑う。

「待った、このメンバーでか⁉」

ようやく会話に割って入れた。罰ゲーム付きならちょっと頑張って止めないといけないと思ったんだが……。

「ふむ。あの場所ならばそこまで加減も必要なかろう。楽しみだ」

だめだ。常識枠のベルがやる気満々で全く軌道修正できそうにない。

「フルパワーのベルちゃんってどのくらい強いの？」

「そうだな……やろうと思えばあの山脈を地図から消せる」

ニッと笑いながらベルが言う。

これが冗談が言えるようになったという話なら良かったんだが、冗談でも誇張でもなさそうだ。

実際過去に顕現した魔王は地図くらい何度も書き換えている。

そしてベルは一応、過去の魔王に並ぶ実力を持った悪魔なわけだ。七大悪魔とか言ってたしな……。

もしかして歴代魔王より強かったりするのか……？

「だめだよー、今回はユキウサギをなるべく傷つけずに捕まえるんだからねー」

「わかっておるわ」

「ふふ、じゃあ競うのは評価額ね」

ビレナたちがどんどん盛り上がっていく。

もうバロンも諦めた表情をしているし、俺も腹をくくるしかないな。

「今回の納品は商人が色んな目的で使うから、なるべく綺麗な方がいい……だったか」

「そうだねー。生きててもいいみたい！」

「愛玩目的でも人気ですしね」

大商人の依頼らしく、使い道は多種多様。

毛皮や角を装飾品、衣服に使うためだったり、実験や薬に使うため、そしてペット目的……。

ユキウサギは色々使い道があるからな。

普段ならこんな大規模に狩るのはダメだろうけど、今回は増えすぎた個体を間引く意味合いもあって大規模依頼の許可が出たらしい。

「納品依頼はビレナより得意だったわね」

「まあこやつは加減を知らぬからな」

ティエラの言葉にベルが笑う。

「にゃはは。でも、数は負けないから」

そんな会話を不安げに見つめていたバロンに声をかけようとしたところだった。

「なぁなぁ、その話さ、俺たちもやらせてよ」

いやらしい笑みを隠しもしない軽薄そうな男が声をかけてくる。

一応こんな場所だ。Aランク以上の冒険者なんだろう。

パッと見て、実力もちゃんと有る冒険者のようだった。パーティーと思われる周りにいる人間たちも全員同じレベルだ。

とはいえ……。

「んー、勝負にならないと思うけど」

「いやいやそりゃハンデくらい上げるってば」

「え……？」

ビレナの言葉を勘違いしたらしく男が饒舌に喋る。

「てかさ、田舎者っぽいけどさ、まさか俺たちのこと、知らないわけ？」

「私は確かに田舎者かもしれないけれど、皆は知ってるかしら？」

「知らないねー」

ビレナが明るく言い放つと一瞬不機嫌そうに顔を歪めたが、気を取り直したのかまた笑顔で続けた。

「俺はヴィーシャ。白花の英雄ってパーティーのリーダーね。聞いたことあるでしょ？　今回もさ、神国がやばいっていうからわざわざ動いてたんだけど、なんか終わっちゃったみたいだからここには暇つぶしで来たんだよね。ま、そんな感じで色々動いてるから、今こうして普通にみんなが冒険者活動できてるのも俺たちのおかげなわけ」

「はぁ……」

なるほど。一応神国との件で王国側も動いていたということはわかった。

ただ神国の騒動に首を突っ込むつもりだったのであれば、せめて情報収集くらいしておくべきだったただろう。

リリィの呼び掛けの中に俺の名前もあったはずだし、そもそもリリィとバロンの顔くらい知っておくべきだった。

「と、いうわけでさ。俺たち相手じゃかわいそうだしちゃんとハンデは上げるから、ちょっと一緒に遊ぼうよ」

得意げに続けるヴィーシャにティエラが答える。

ちなみにすでにビレナは興味を失っていた。

「私たちになにかメリットはあるのかしら……？」

「そりゃもちろん。俺らみたいなパーティーに勝ったとなれば箔もつくっしょ？　それに今回のルール聞いてたよ。勝ったやつが負けたやつに命令できるんでしょ？　俺らを好きにできるって良くない？」

ティエラが考える仕草をすると何かを勘違いしたようで男がティエラの肩に手を触れようとする。

あっさりかわされて驚いた顔をしたヴィーシャだったが、続くティエラの言葉で気を取り直す。

「いいわ。やりましょう」

「そうこなくっちゃ！　どうする？　チーム戦でいい？　ハンデも決めなきゃなぁ」

意外に思っているとティエラが顔を寄せてきて小声で言った。

「彼らがAランクなのは間違いないから。箔がつくという部分は使ってもいいかなって」

「あー」

「こういうのは意外とギルドに効きますからね」

「そうなのか」

リリィがさらに補足で耳打ちしてくれる。

「ご主人さまはAランクになりましたが、バロン、ベル、ティエラのことを考えるなら、ここでおまけをつけるのは悪くないかと」

にこやかに言う。

なるほどな。

バロンとベルは登録中。ティエラも登録上はまだBランクだ。

ランク上げという意味では役に立つんだろう。

そんな説明をティエラとリリィから受けていたが、すでにビレナはもう小屋から出そうな勢いだ。

自分が相手にされていないことにいら立った様子でヴィーシャがこちらに近づいて来る。

「んー？　結局どんくらいハンデ付けるかって話かな？　どうする？」

リリィとティエラが俺に耳打ちしているのが気に食わなかったのか、グッとこちらに寄って来るヴィーシャ。

だがその勢いを削ぐように、ビレナがこう言った。

「もう面倒だからさ、そっちはパーティー全員の合計数でいいよ？」

「へえ。人数は気にしないと」

相手はパーティーと言っているが人数は多いんだよな。十は超えている。

クランと言われるパーティーより大規模な集団をつくることがあると聞いたことがあるからそれかもしれないな。

「それと君たち全員で勝負ってことかな？　こっちの方が人数多いから平均とかにした方がいいと思うけど」

「ん？　いや、私たちは個人だよ？」

「は？」

噛み合わない。

「そっちは全員。負けたら言うこと聞いてもらうとして、こっちはチーム組む必要もなさそうだし」

「そうね。私もそれでいいわ」

「何かようわからんが私もまぁいいだろう」

ティエラとベルが同意する。

バロンも諦めたように同意の表情を示す。リリィは終始ニコニコしていた。

完全にヴィーシャたちは馬鹿にされた格好になるが……。

「へぇ……まあいいや。あとで泣いて謝ってもらうのもさ。な？　お前ら」

下卑た笑みを浮かべてパーティーメンバーと思われる人間たちがうなずく。周囲で反応を示すメンバーを改めて見る。二十人近くの男たちだ。

Aランクの実力がちゃんとありそうなのは、パッと見て三人くらい。

とはいえ他もBランク上位くらいの実力はありそうなので、その辺にいれば間違いなく強い。Bランク一人で一般的な兵士百人分の戦力と言われているわけだし。

十五人のBランク冒険者というのは戦力としては兵士千人以上に相当する。

彼らの言った神国の問題をどうにかしに来たという話も、あながち馬鹿にできない規模ではあった。

「リントくんも負けちゃダメだよー？　あと、あれと私たちの勝負は別だからね！」

ということらしい。もう今さらどうしようもないので頷いておいた。

俺が負けてもあいつらの表情を見る限りそんな大変なことにはならないだろう。そして他のメンバーが負ける心配は言うまでもない。

バロンもあの顔を見る限り大丈夫と判断したんだろう。

俺が心配するべきは——。

「まじでこのメンバーにハンデなしなの？」

「大丈夫大丈夫～！」

「ふふ。今夜は楽しみですね」

「お手柔らかにお願いしますね、ご主人のほうが得意だろうに」

「むしろ傷つけず集めるのはご主人のほうが得意だろうに」

「私はとにかく、負けないことだけだな……」

この中の一位の言うことを聞かされるわけだ。願わくば無茶振りの可能性の低そうなティエラあたりが勝ってくれることを祈るしかないだろう。

明らかにおかしなことを言っているリリィにならないことを願いたいところだった。

◇

「よし、じゃあこっからは個別行動ね！」

ビレナが宣言する。

今いるバンガローがある辺りはゴラ山脈の中腹だ。

ユキウサギはおそらくもう少し上に登らないとまとまった数は現れないだろう。

ちなみにヴィーシャのパーティーは先にバンガローを出発していた。

「このメンバーで心配の必要はないかもしれないが、連絡手段くらいは確保しておきたいな」

すでに走り出しそうだったビレナをバロンの声が引き留める。

「そうね。これでどうかしら」

「これは？」

「それぞれの生命の危機に対応して発動する魔道具でね。何かあったら割れて他のメンバーに知らせが飛ぶの」

「なるほど……」

ティエラからは色々道具が出てくるな。

この辺り、ビレナとリリィだと力業で押し切ろうとしてくるだろうからありがたい存在だ。

ほとんど心配の要らないメンバーとはいえ、万が一の時は知らせを受けたビレナが回収に向かい、バンガローでリリィが治すとのことだった。この二人に何かあったら他のメンバーは一度集まって対策を考える必要があるだろうし、一旦それでいいだろう。

そこまでいかずとも最高級のポーションを持たされているので、まぁそう簡単になにか起こることはないはずだ。

はずなんだが……。

「心配そうだな。ご主人」

「まあ、そもそもこんな危険地帯に慣れてないからな……」

精霊石のおかげで支障はないとはいえ、寒さだけでなく呼吸にすら影響を及ぼすほど過酷な環境。

この場所でランク上危険度が互角になるユキウサギの集団を相手にすることになる。

当然ユキウサギ以外の魔物もいるから、警戒の必要もあるわけだ。

「大丈夫だってー。リントくんほんとに強くなってるから！」

ビレナはそう言うが、他でもないビレナの傍にいるから実感が湧きにくいんだろうな……。

「なぜご主人はそんなに自信がない」

「謙虚なのね。旦那さま」

「いや、だってなぁ……」

唯一の理解者だろうバロンに声をかけてみるが……。

「私からすればリント殿も十分化け物だと何回も言っているだろう」

味方はいなかった。

「ご主人さま、リアミルも呼んであげたらどうですか？」

「リアミル……ああ、そうか」

リアミルはずっと一緒というわけではなく、契約に応じて毎日喚《よ》び出している。

見た目のせいで戦闘に関与させる気がおきなかったが普通に一人でも強いし……。

「精霊憑依、カゲロウちゃんと一緒に使えるようになれば」

「それはすごそうだな」

というわけでひとまず、リアミルを喚び出す。

すぐに喚びかけに応じて……。

「遅いじゃない！　ってここどこよ⁉　それになんなのその恰好」

出てくるなり三つも文句が並んだ。

「遅くはないだろ。ここはゴラ山脈。今からユキウサギの討伐だ」

「ふぅん」

肩乗りサイズのリアミルがふわふわ俺の周りを飛ぶ。

恰好に関してはまあ、俺も何も言えないのでスルーしておいた。

「私の分は？」

「ええ……」

ビレナたちを見てそうつぶやく。

「ちゃんとありますよ？　ほら」

「あるのか……」

リリィが当たり前のように妖精サイズの衣装を渡すと、光になって一瞬姿を消したリアミルが着替えて再び出てきた。

「どう？」

「えっと……可愛いと思う」

「そう！　ならいいわ！」

上機嫌にまた俺の肩に乗ってくる。

「寒くないのか？」

「そうね……私は別に気にならないかしら」

リアミルの服装は元々薄着だからこっちのほうが布が厚いくらいではあるが、それでも寒そうなことに変わりはない。

ティエラが補足してくれた。

「この子くらいになると無意識でも精霊魔法が発動してるわね。カゲロウちゃんとは違ってそこまで苦手な属性でもないし」

そういうもんなのか。

「さって、そろそろ出発するよー」

屈伸しながらビレナが言う。

まあ、頑張るしかないな。

「で、どういう状況なの？」

「ユキウサギの討伐数を競うことになった。悪いけど協力してくれるか？」

「私はアンタと契約してるんだから遠慮なく使いなさいよ！」

「助かる」

口調はきついが前向きな答えに安心する。

「じゃ、いくねー!」

ビレナがそう言うとすぐに姿がブレて消えた。久しぶりに見た全速力だ。やっぱりまだ目で追いきれないな……。

いや速くなってるかも知れない。ビレナのほうが。

「じゃあ私も行こうかしら」

ふわりと身体が浮かび上がったかと思うと景色に溶け込むように消えるティエラ。どうも自然が多くなればなるほど精霊魔法は力を発揮するらしく、この場所くらい人里から離れている方が力を発揮できるとのことだった。

「では、また後ほど」

リリィも翼を広げて飛び立っていき、バロンも目を合わせてうなずくと走り去っていった。

このメンバーに囲まれているせいで自信なさげとはいえ、バロンもここにいる冒険者たちから比べれば圧倒的な力を持っているからな。

ここまで来てバラバラに行動、などとある種暴挙に出た俺たちに周囲の冒険者たちも驚いていたが、移動を開始しただけで納得させてしまっていた。

本当に改めてすごいメンバーと一緒にいるなと実感させられる。

「あれ?　ベルは出発しないのか?」

「少し肩入れしようと思ってな」

ベルが笑う。

「ご主人、良いことを教えてやろう」

「いいこと?」

「私のこの勝負の予想だ。おそらく普通にやればティエラが勝つ」

それはありがたい。それなら特段なにかする必要はないように感じる。

「一番いい結果だと思うけど」

「本気で言っておるのか?」

俺の言葉に呆れるベル。

「ビレナとリリィ、あの二人の友人というだけで十分警戒の対象であろう。私は見ていなくとも、あやつが初夜を大人しく一般的に迎えたとは思っておらんがどうだ?」

「あ……」

そういえばいきなり野外プレイだったな……。

しかもとんでもない魔法の無駄遣いだった。確かにビレナっぽい……。

「数で言えば私でも勝てるかも知れぬが、評価額で競うならあのエルフに勝てるのはご主人だけだ」

「俺が?」

なんでだと思ってベルを見る。

「それだけこの場所における精霊魔法は強力だ。ご主人の新たな使い魔を使いこなすことも重要だが……」

「ふふん。私がいれば大丈夫よ！」

得意げにない胸を張るリアミルだが、ベルはそれを無視するようにこう言った。

「すべてテイムしてしまえ。そしてそのまま収納袋へ詰め込めば良い」

「え……？　いやそもそも生き物って……」

収納袋はビレナからもらったものを使っているが、これは生き物をそのまま突っ込めるようにはなっていないはずだ。

収納袋はそういうもの、という認識だったが……。

「その袋は空間魔法の応用だからな」

「ん？」

「これを使うと良い。つまりあれだ。サービスというやつだな」

そう言ってベルが笑う。

ベルから投げ渡されるように与えられたのは水晶玉のような球体。

収納袋と同じ性質を持っているというが、袋と違って入り口も何もわからない。

「念じれば使える。テイマーであれば生き物も自由に出し入れできるぞ」

「それって……」

通常の収納袋の性能を大きく逸脱したアイテム……収納玉とでも言うのだろうか。

収納袋一つでもBランクくらいの冒険者なら一生かけても手に入れられない価値があるというのに……。

「魔物召喚がまだ完全ではないご主人にはよいアイテムだろう？」

「ああ……」

市場に出回ればいくら値がつくかわからないくらい規格外アイテムだ。

「私のご主人であるならばこの程度、使いこなしてもらわねば困るぞ？」

そう言ってあっという間に見えないところまで飛び立っていった。

「これは俺も、頑張らないとか……」

「私も別に、あれくらいできるからね！　行くわよ！」

リアミルが何故か張り合うようにそう言いながら服を引っ張る。

「キュク――――！」

「きゅっ！」

リアミルの言葉に笑いながら、カゲロウとキュルケを撫でて、俺たちも出発した。

◇

「そういえば勝負を挑んできた冒険者たちはどうするつもりなんだろうな？」

「きゅ？」

移動しながら考える。

カゲロウはもう纏っているので直接のやり取りができるのはキュルケとリアミルだ。キュルケは腹ポケットから顔を出して首をかしげている。

「先に動いたのはあの冒険者——ヴィーシャたちだったけど……うちのパーティーが山に入ってることを考えると、あたり一帯狩り尽くされてもおかしくないよな……？」

「きゅきゅっ！」

急げと言わんばかりにキュルケが声を上げるがそう言われてもどうしようもない。

というよりもうすでに自分のこれまでを考えれば速いんだ。めちゃくちゃスピードは出ている。

と、視界の端に純白の何かが横切った。まだ頂上付近に達していないことを考えるとはぐれ個体だろうが、お目当てに早くも出会えたようだ。

「とりあえず肩慣らしにはいいだろ！　やるぞ！」

「あれを捕まえるのね？」

「きゅっ！」

ユキウサギは一匹だとすばしっこく逃げ惑う厄介な相手だ。それでいてちょこちょこ氷属性の攻撃を放つ。

小さな身体から放たれる魔法ではあるが、カゲロウなしの俺なら当たりどころによっては致命傷になりかねない攻撃なのであまり油断はできない。

だが――。

「テイム」

「?!」

ユキウサギの逃走はそこで終わった。

おとなしくこちらを振り返ると不思議そうにしきりに首をかしげながらも、こちらに少しずつ歩み寄ってきた。

「よしよし、ひとまず成功だな」

「きゅっ！」

このくらいの相手であれば弱らせたりしなくてももういけるんじゃないかと思って試してみたがいけたらしい。

ベルの指示通りそのまま生体を収納玉に入れようと動き出したところで、横やりがはいった。

「お、当たりだなーこりゃ。一番弱《よえ》えやつだ」

現れたのは先程ヴィーシャの後ろにいたやつだ。三人いる。

「おっと、こいつは俺、ギリスのもんだぜ。お前を襲いそうだったから助けてやった。異論はねえな？」

そう言いながらすでにテイムが終わって動けずにいたユキウサギを踏み潰した。

「こいつ……」

「おっ……やんのか？　いいぜ俺は。このギリス様がAランク冒険者様には逆らうもんじゃねえって
わからせてやるだけだ」

こんな環境でAランクを誇るあたりが底が知れるという状況なんだが……。

どうもこの感じだと、それぞれ横取りのために動き出してる様子だな。

納品依頼にテイムは普段使わないが、今回は愛玩目的で流通させても問題ないだろうと思って使った。

結果的に一匹、命を無駄にしたいら立ちはある。

リアミルが耳元で叫ぶ。

「ちょっと！　言われっぱなしで良いわけ？」

リアミルに顔を寄せて小声でこう答えておいた。

「俺が相手にしてるのはこいつらじゃなくうちのパーティーメンバーだから……。ここで時間を取られたくない」

それにしてもかわいそうに……。俺以外のところに行った人たち……。

「俺たちと勝負なんざちょっと調子に乗りすぎたよな？　お前もそう思うだろ？」

「そうだな？」

とりあえず話をあわせて早く離れることにしよう。

このギリスという男は俺のところに来れて本当に良かったなと思う。ビレナのとことか行ってたら、場所柄全く違和感なく行方不明者が増えていただろう。

「さってと、お前が苦労して捕まえようとしてもユキウサギは俺のとこにくる。この意味がわかるか？」

俺でもちょっと鬱陶しいくらいの相手だが……無視して行くには一気に振り切るしかないか。

「この勝負、俺たちには勝てねえってことだよ！」

取り巻きあわせて三人。高笑いしている男たちの横を駆け抜けた。

「……へ？」

しばらく走ると奴らが視界から消える。

「さて……じゃあ気を取り直して……」

改めて雪原に入ってユキウサギの姿を再び捉えて立ち止まったところで、すぐに追いついてきた。

腐ってもAランクだな……。

「てめぇ……俺を無視して行こうなんざいい度胸じゃねえか」

どうしようか。

ここでカゲロウと暴れれば別に戦闘不能にはできそうだが、冒険者同士の直接の戦闘に関してはギルドが厳しく取り締まる。こいつらの横取りはマナー違反であり、当然ギルドも目を光らせているとはいえ、私闘に比べれば扱いは遥かに軽い。

こちらから仕掛けるわけにはいかない。

「さてと、じゃあお前がユキウサギを弱らせてくれるのをここらで見させてもらうとするか」

どかっと雪原に座り込むギリスたち。

バンガローにいた冒険者たちは動いていても寒そうだったあたり、ギリスたちの精霊石もそこそこ物がいいんだろう。

「ん？」

「なんだぁ？　諦めたのかい？」

ギリスがなんか言ってるが無視だ。それより……。

「あれ、もしかして精霊が直接封じ込められてる……？」

「そうね？」

違和感の正体がわかる。

精霊石、と言っていたし、標準的なものはそう作るのかもしれないな。

「別にあの子たちにしてみれば大した問題じゃないと思うわ」

リアミルもこう言ってるしな。

まあそれはいいとして、これを利用すればあいつらは追い払えそうだ。

カゲロウに意識を向ける。

『カゲロウ。あいつらの精霊石の中の精霊より、お前のほうが強いよな？』

問いかけると、当然だと言わんばかりの声が返ってきた。

とすると、あっちの精霊石でコントロールしている精霊たちをカゲロウで押さえつけてしまえば、ギルドの制裁対象にもならないで追い返せるかもしれない。

それにこっちにはリアミルもいる。

「いけるか？」

「当たり前でしょ。誰に聞いてるのかしら」

そうすれば残るのは奴らの横取りの事実だけだ。証拠は別にないけど他のとこで同じことをしてるなら俺がわざわざ用意する必要もないと思う。

俺は追い払えればそれでいいからな。

「じゃ、やるぞ」

「キュクー！」

「いいわ！」

「テイム……！」

相手に警戒されないように小声で、だがしっかりと精霊に呼びかける。

リアミルにやったときと同じ。精霊相手の契約もテイムでいい。

条件はリアミルとカゲロウがいる以上、あってないようなものだ。自我を持ち切っていない精霊は、上位の精霊に付き従う性質がある。

すぐに精霊たちが応えてくれたので、ひとまず精霊石の機能を停止するようにお願いした。

指示してしばらくするとギリスより先に取り巻きの様子がおかしくなる。

「おい……なんか急に寒くねえか？」

「ああ……なんでだ……俺たちちゃんと準備してきたよな？」

身体を震わせて不思議そうに会話する取り巻き。その様子を見てギリスも違和感に気づいたらしい。

「おい……てめぇ何しやがった」

「なにかしたように見えたか？　一歩も動いてないぞ？」

「なにか卑怯な真似したんだろ?!　精霊石が効かねえ。くそっ！」

そう言ってギリスは手のひらから炎を生み出して暖をとる。

だが……。

「カゲロウ、やるぞ」

「キュクー！」

それすらカゲロウの支配下に置かれた精霊に阻害され、炎が凍《い》てついた。

「は……？」

「バチでもあたったんじゃないか？」

「てめぇ……！」

「いいのか？　横取りはともかく流石に手を出すとギルドも黙ってないぞ？」

「くそが！　いいさ。てめえはどうせ雑魚だ。さっきも目の前に獲物がいるってのにぼーっとしてただけだったしな。おい！　こいつはもう無視して降りるぞ！」

何とかなったか。

というより……。

「あ……兄貴……俺もう動けな……」

「おい?!　くそ」

「息が……」

取り巻きたちの方は耐えきれなくなったらしい。

「早く行った方がいいぞ？」

「ちっ！」

ギリスだけは動けたようなので何とか二人を担いでバンガローを目指して行く。

なにはともあれ俺の邪魔者はこうして一応穏便にお引取り願った。

結構大変そうだけど、バンガローに戻れば回復はするだろう。

他がどうしているのか少し気になったが、まぁろくなことになってないだろうと思いながら、自分のことに意識を戻した。

◇

「こんなもんか……？」

「十分じゃないかしら？」

邪魔がなくなってからしばらく、見つけ次第ユキウサギをテイムし、さらにテイムしたユキウサギに仲間を呼ぶように指示したり巣に連れて行かせたりしながら数を集めた。

特段傷つけることなくテイムをしていたおかげもあって、攻撃的になることもなく皆おとなしく俺にテイムされていってくれた。

「これ……全部愛玩目的だけでいけるか……？」

一旦仲間を集めるために今俺は雪原を埋め尽くす無数のもふもふにもみくちゃにされるというある種天国のような体験をしている。

こうして触れ合ってしまうと可愛いやつらだった。

テイムをした以上材料としての納品は避けたいところだが……数がすでに三百を超えたからな。

巣を狙ったとしても十匹もいないことが多く、そもそも発見するのに時間が掛かる。

皆も千の単位では捕まえていないと思う……。いや、わからないけど……。

「まぁ何はともあれ、一旦連れて帰るしかないからな……」

収納玉に入るよう指示すると列をなして順に飛び込んでいく。流石ベル特製、あっという間に周囲のユキウサギたちがすべて収納された。

「よし……じゃ、帰るか」

「きゅっ！」

暗くなる前に山を降りてみんなを待つことにした。

◇

「リントくん、遅かったねー」

「嘘だろ……なんでみんないるんだ」

早めに切り上げたつもりだったのに……。

「ふふ……それはまぁ、周囲の生体反応がなくなるまで狩り尽くしちゃえば戻らざるを得ないじゃない？」

ティエラのサラッと言った発言が怖い……。

ユキウサギ絶滅の危機だ……。

「私はこれ以上やると地形が変わりそうだから渋々……」

ビレナもまあ当たり前のようにトンデモ発言をする。どんなことしてたんだ。

いやビレナがそこで自制してくれただけいいのか……

「私もまあ似たようなものだが、闇魔法は一撃勝負だからな。周囲一帯のユキウサギ、その心臓を一斉に抜き取った。少し皮が汚れたがまぁいいだろう」

何その怖い黒魔術……。恐ろしい……。

それはそうと……。

「みんなはなんか邪魔、入らなかったか？」

「これ、ですね？」

リリィがそう言う。指さされた方向を見ると、地面から生えた生首のようなものが見える。大丈夫、まだ生きてる、と思う。

「ちょっといたずらされそうになったから土属性の精霊に見張ってもらってたんだけど、寒くて固まっちゃったみたいね」

「なるほど……」

リリィじゃなくティエラがやったのか……。

ベルを見るとだから言っただろう、という目で見てくる。

確かにティエラもちょっと、普通じゃないな。

「バロンはどうだった？」

「ああ……私の所にきたのが一番不運だったかもしれんな」

「そうなのか？」

「加減をする余裕がない……と思ってしまってな」

バロンが気まずそうに言う。

思ってしまった、ということは加減をする必要はあったということだな。そこにSランク超級《バロン》のフルパワーがいったと考えると確かに……。

「私は手当たり次第殴ってたから、もしかしたら混じってたかもだけど、あんまり気にならなかったかなー」

「ビレナらしいな……」

「私はちゃんと対象を選んだからな！」

「当たり前だ！　通りすがりに心臓くり抜かれてたまるか！」

ベルの当然過ぎる主張にツッコミを入れたが、その割にベルのところへ向かっていたはずの人間は姿が見えない。

「私の魔法を見てすぐに逃げ出したのでな。特段何もされてない」

「そうか……」

「私も似たようなものですかね」

まぁ闇魔法、しかもスペシャリストのベルの本気はちょっとおぞましいだろう。気持ちはわかる。

なんでリリィが同じ扱いになったのか……いやなんとなく想像はつくし、怖いから考えないことにする。

ちょうどいいタイミングで俺のところに邪魔に来ていたギリスがやって来る。

納得できない表情と取り巻きを引き連れながら。

「なんだこりゃ……一体どういう……」

「あ、えーと、どっかのパーティーの……」

ビレナはもう名前も覚える気がない。ティエラがフォローをいれた。

「白花の英雄、サブリーダーだったかしら？」

「あ、あぁ……」

ちょうどそこにリーダーであるヴィーシャもやってくる。

「え……」

これは多分……ビレナに吹っ飛ばされたか。

顔がめちゃくちゃはれ上がっていた。

「ヴィーシャさん！　こけたんすか？」

「ちっ……そんなとこだ」

「運が悪かったっすねぇ」

確かに運は悪かったかもしれない。ビレナのところにいったわけだしな……。

「まあそれはそのうち治るとして、聞いてくださいよ！　こいつら勝負って言ってたのに一匹も持ってねえんすよ」

リーダーがやって来て調子を取り戻したらしく、軽薄な笑みを浮かべて近くにいたティエラに絡みにいった。

「あー、なるほど。うんうん、やっぱゴラ山脈って危ないもんね？　冒険者の墓場って呼ばれるくらいだし」

ティエラは止めることなく続きを促した。

「そっかそっか。もう勝負どころじゃなくなってみんな帰ってきちゃったんだなぁ。しょうがないって、まだ早かっただけだからさ！　安心していいよ、俺は何羽かはほら、ちゃんと持ってきてるし」

そう言うとかばんから捌かれたユキウサギを数羽取り出した。ただ素人目に見てもあまりいい状態とは思えない。角がおれていたり皮が汚れていたり……。

「それで、それだけかしら？」

「へ？」

「えっと、見たところAランクパーティー白花の英雄さんの戦果はその三羽分のユキウサギ、ということでいいのかしら？」

「え？　えーっと……そうだな。もうちょっとは仲間が持ってくるかもしれないけど……」

歯切れが悪くなるギリス。

ティエラがわざと周りに聞こえるように状況を解説しているので注目度も高まってきている。

「じゃあ、そのお仲間を待てばいいのかしら？」

「あ、あぁ……いや、どうせもう勝負どころじゃなかったんだろ？　だったら俺たちの戦果もこれでいいからさ。ま、お楽しみの罰ゲームはみんな揃ってからのほうがいいかもしれないけどさっ。あ、心配しなくてもそんなひどいことしないからね？」

言質《げんち》は取った。

「じゃあそれぞれ、結果発表にしましょうか」

「そうだねー」

「評価額はともかく数では負けておらんはずだぞ」

「私も数は自信がありますね」

「……私はまあ、三よりはマシだ」

会話の意味が理解できないギリスとヴィーシャが呆けた顔で声をかけてくる。

「へ？　皆諦めて帰ってきたんじゃ」

「それ、返すわね」

「え？　ひっ……」

そこではじめて、埋められた彼らの仲間を見せるティエラ。それまでは精霊魔法で姿を隠していたようだ。

「なっ……これは？」

「狩りの邪魔をされて私闘を申し込まれたから、仕方なく相手してあげたの。すぐに治療しないと元に戻らなくなるわよ」

「なっ……そんな……こんなことどうして……いや、どうやって……？」

ティエラが笑顔で言い放った言葉はその質問の答えではなかった。

ヴィーシャが戸惑い、頼る先がなくなってギリスを見る。

「てめえ！　また何かやったのか！」

ギリスが俺につっかかって来ようとするが……。

「待て！　またってなんだ⁈　それによく見りゃお前に付けたやつらも……」

「あら……治療が必要そうね、そちらも」

あのとき精霊石を取り上げた取り巻きは顔色が悪い。

今震えていないということは、この拠点に来て一応予備の精霊石を見つけたんだろうけど……。

「勝負の結果は、ひとまず私だけで片が付きそうだからそれで終わらせるか」

バロンがそう言って前に出ると、収納袋からユキウサギを取り出していく。

一匹しか見えなかったからか、ヴィーシャはまだ得意げな表情を崩さない。

「おお……ちゃんと獲れてたん――え？」

バロンが取り出したユキウサギは縄で繋がれており、ひとつなぎにその全貌を現していく。

「ちょ……え？　何匹いんの⁉」

「私一人で二十三。これよりひどい戦果のメンバーはいないだろう」

バロンの言葉を受けて、白花の英雄のメンバーたちが俺たちを見てくる。

俺たちの表情だけでバロンの言葉が真実だとわかったのだろう。

「ひ……」

「ギルドに色々と報告しておきましょう。ちなみに私たちのこと、そろそろ気づきませんか？」

「え……？」

リリィがそう言うと、もふもふのウサギの恰好が光に包まれて……。

「せ……聖女様……？」

あ、一応知っていたんだな。

衣装に惑わされてちゃんと見ていなかったわけか。

「まさか……じゃあ……よく見たらこれ……」

「あっちにいるの、瞬光じゃ⁈　そんな……」

「ちょうど良いだろう。お主らの代わりにAランクの冒険者の補填はできるから安心せい」

ベルが言う。

「ま、待ってくれ⁈　あんたら相手じゃ本気で俺たち処分されちまう⁉」

本気で焦り始めるが今さら遅いな……。

「大丈夫ですよ。決めるのはギルドですから」

「許して……」

「負けた方が勝った方の言うことを聞く……ルールは覚えていますね？」

「え……あ……」

「この場で引退してもらってもいいんですが……ひとまず余計なことをするな、だけで済ませますよ」

「あとはギルド次第だな」

リリィの笑顔とベルの言葉に応える気力はもう彼らには残されていなかった。

◇

「ただいまー」

「……ゴラ山脈に行っていたんだよねぇ？　どぉして日帰りで……いやいい。君たちに聞くのは野暮だねぇ」

フレーメルのギルドに帰ってくるとクエルが出迎えてくれた。

ビレナが扉を開けた時にはすでに準備していたあたり、様子をずっとうかがってはいたんだろうな。

「納品だねぇ。ちょうどいい。新人くんに任せようか」

「Sランクの方の納品は緊張しますね……」

現れたのは見覚えのない女性のギルド職員。

まだ若い子で、わかりやすく緊張していた。

「リント君がルミくんを返してくれそうにないからねぇ。雇うことにしたんだよ……というのは冗談でねぇ。実を言うと君の領地に応募してきた優秀な事務職員を一人もらったのさ」

「あー」

「ルミくんが気を利かしてくれてねぇ……いやまぁ、これはルミくんがこちらになかなか戻れないというメッセージでもあるのだけど……」

複雑そうだな……。

まあ確かに、うちの領地はいろんな人を募集していたし、全員を雇うわけにいかないが優秀な人も多いとルミさんが言っていたからな。

ちょうどよかったんだろう。

「あ！　申し遅れました！　アヤリです！　よろしくお願いします！」

一言喋る度に髪の毛がぴょんぴょん跳ねるくらい動きがあって可愛らしい人だった。

「一応、鑑定もできますので、今日は対応させていただくんですが……うぅ……いきなりSランク……緊張が……」

「鑑定士なのか。すごいな」

「いえいえ！　大したことないというか……うぅ……」

自信なさげにするアヤリさんだが、鑑定って結構すごいスキルだよな。

いやまあ、ギルドは評価額を決定するために必要なこともわかるし、ロム婆のようなとんでも鑑定能力とはまた別だというのはわかるんだけど……。

自信なさげに謙遜するアヤリに、ニヤッと笑いながらビレナが声をかける。

「ふふ。私だけじゃなくほかのメンバーもすごいと思うよ？」

「ええ、心してかかります。それで、納品物はどちらに？」

「今から出すけど……ここでいいの？」

「一応聞くけれど……合計何匹だい？」

クエルの言葉にパーティーメンバーと目を合わせる。

そういえばそれぞれまだ数がわかってないんだよな……。

「私が五百くらいだから、皆もそのくらいじゃないかなぁ」

「五百⁈」

アヤリさんが驚きで叫ぶ。

「私はさっき出しただけだ。数がおかしいのは他の面々だな」

「俺もそこまでじゃないぞ？」

「だが、一番場所が必要なのはご主人だろう」

「えっと……」

俺たちが好き勝手喋るせいでアヤリさんが付いてこれてない。

「君たち……パーティーで行って遊んできたねぇ？」

何をしてきたのかはおおよそわかってるだろうな。

「にゃはは」

「はぁ……。外に場所を作ろう。アヤリくん、手伝ってもらえるかな……。というより、緊急依頼を出すから何人かギルドにいる冒険者を使ってもいいかもしれないねぇ」

そう言ってクエルが歩き出したところで……。

「戻りました……なんか嫌な予感がしたので……」

「ルミくん！　助かるねぇ……本当に」

入り口からルミさんが現れた。

「ルミさーん！」

いち早くアヤリさんが駆け付けていった。泣きつくように……。

「はぁ……。マスター。いきなりリントさんのパーティーを任せたらキャパオーバーするのはわかりきってるじゃないですか！」

「うぐ……」

「安心してくださいアヤリさん。この人たちがおかしいだけで普段の仕事は何とかなるので……ギルドは……」

「うぅ……領地の採用じゃなくこっちになれて良かった気がします……」

何やら色々言われているが、各々多少の自覚はあるのか何も言わずにそんなやり取りを見守っていた。

◇

改めて外に場所を作ってもらってから納品となった。厳密に言えばその前の鑑定のためなんだが……。

「じゃ、私からいこっか！」

ビレナが収納袋からユキウサギの素材だけを取り出す。

「これは……」

「へへー。頑張ったでしょ？」

すでに捌いて来たわけか。

確かにこの方が評価額としては上がるだろう。楽だしな。

それにこれはユキウサギの各部位の価値をある程度わかっているビレナならではともいえる。

最も貴重な角は傷付けていないが、おそらく皮は一部焼失したものもあるし、肉は使えるか怪しい部分も多かっただろう。

あらかじめ捌いておけば見栄えがいいからな。

数は宣言通り、ざっと見て五百匹程度だろう。

「数は負けたわね」

「私もですね」

「と、すれば私が数では勝ったようだな」

ティエラとリリィ、ベルがそれぞれそう言う。三人とも最終結果で負けるつもりはないという思いがありありと見える。

「で、ご主人はどうだ？」

「数は全然勝てないな」

多分三百匹くらいだ。

とはいえ俺のは生きてるから価値はまた変わってくるだろう。

「ふふ。その様子じゃ、結果は良さそうなのね」

俺たちがそんな会話をしている間にルミさんが手際よく何かを書き込んでいく。

「本当に仕事が早い……」

「そうだろう？　これを彼が持って行ってしまったんだよ」

「えっと……もしかして私にもこれを求めて……？」

「二人も手伝ってください！　ビレナさんのは綺麗な状態なので概算はすぐ出せますが他の人の

も！」

「は、はい！　すみません……皆さんのも……」

アヤリさんが慌てて俺たちに言ってくる。

「わかったわ」

「ええ」

「いいだろう」

それぞれ収納袋から取り出す。

「おお……」

ティエラの出したものはもはやそのまま武具屋に卸せるくらい綺麗に解体されている。肉ももうその辺の店で見るのと同じレベルに切り分けられていた。

ビレナもある程度はやってきたが、これはもうレベルが違う。

「同じこと考えてたかー」

「ふふ。私の方が得意だからね、こういうのは」

ビレナが悔しそうにしているあたりこの二人の勝敗は決したんだろう。

「これは……すごいですね」

ルミさんが驚いていた。

「精霊魔法……しかもこの精度……。ご主人さまは色々学べそうですね」

「そうよ！　負けてどうするのよ⁉」

リリィとリアミルにプレッシャーをかけられる。

「ふふ。私はいつでも何でも教えるわね、旦那様」

「よろしくお願いします……」

続いてベル。

「これも……なるほど綺麗に心臓とそれ以外に分かれているんですね」

納品物を見たアヤリさんが言う。一発で見抜くあたりさすが鑑定スキル持ちだな。

鑑定スキル持ちがわざわざこんな田舎のギルドにいることに違和感があるんだけど……。

俺の表情を見てルミさんが補足してくれた。

「本部から補助が出ているんです」

「そうなのか……」

「ええ。元々フレーメルは高位の冒険者が集まりますし、そこにリントさんたちSランク冒険者たちが拠点を構えたのが大きく……。さらに今後開拓が進めば、ここはもう辺境地ではなく神国と王国を結ぶ重要な拠点になっていく可能性もありますから」

そこまでか……。

でもまぁ、ルミさんがアヤリさんをギルドに回した理由はわかるな。

うちの領地ではこの力は持て余すはずだ。

「とはいえこんなすごい人、リントさんがいなかったら来ないですけどね」

ルミさんが笑う。

そんな話をしている間にもどんどん鑑定が進んでいた。

数で言えばティエラが四百くらい、ベルは多分……七百くらいあるな。

「すごい数ですね……ユキウサギのクエストはそろそろ締め切りにしないと……」

アヤリさんが言うが……。

「大丈夫だろうねぇ。このクエストに他のSランクが動いたとは聞かないし、普通はこんな数一度に動かないさ」

「そうですね……。それで、リントさんは……？」

ルミさんの言葉に俺に注目が集まる。

「ああ、ここに出していいのか迷ってて……」

すぐに意味がわかったのはベルだけだ。他のメンバーはベルから収納玉《これ》をもらったことも知らないしな。

「もしかして、旦那さま、生きたまま……？」

「数はどのくらいだ？　ご主人」

「三百くらい」

「逃げないのであれば良いだろう」

周囲に見学に来た冒険者たちがいたから一応聞いたが、まあいいか。

「なら……」

「いっちゃえリントくんー！」

ビレナの掛け声に合わせて収納玉からユキウサギたちを解放した。

「やはり……リント殿が私と同じように自信なさげにしてるのはおかしいな」

バロンに言われる。

「これは……ちょっと負けたわね」

「わわっ……ちょ、ちょっとまってください。念のため周りに注意を――」

アヤリさんは慌てるが……。

「必要ないさ。ここにこれだけの面々がいるのだからねぇ」

クエルの言葉に応えるように、ベルが何か唱え始める。

気付けば周囲に魔法陣を浮かび上がり、黒魔法が展開された。空間を支配する魔法だ。

外に出ようと飛び出したユキウサギが吸い込まれるように壁に消え、すぐに反対側の壁から飛び出してきていた。

「おー、これ面白い！」

「やめんか！　お主の移動は魔力負担が大きすぎるわ！」

ビレナが飛び込もうとしてベルに怒られていた。

当のビレナはすぐに切り替えてこう言った。

「これはもう見るまでもなくリントくんの勝ちだろうねー」

「旦那さま、こんなことまでできたんですね」

「言うたであろう？　ご主人」

ベルが得意げに言う。

そのくらいはっきり差がでたらしい。

「概算はすぐに出せますが、正確な額は後日確定させる形でよろしいでしょうか？」

「いいよー！」

と、いうことで一旦勝負は俺の勝ちということで収まった。

ちなみに白花の英雄はあの後、ゴラ山脈での悪質な狩場占有行為が問題視されパーティーごと降格処分になったらしい。

降格処分はともかく、色々賠償が発生したり、今回の件で痛い目を見た味方の回復のために使ったお金のせいで、ゴラ山脈での稼ぎでは全く足りないくらいの損失を負ったようだった。

第二章　特訓とその成果

「ただいまー！」

「またうるさいのが帰って来たわね」

フレーメルギルドから出て、ようやく自宅に帰ってくる。

ぶっきらぼうながら笑顔でミラさんが出迎えてくれた。

律儀に制服であるあの何も隠せないメイド服を身にまとったまま掃除道具を持っているギャップにちょっと興奮する。

「何ジロジロ見てるわけ……？」

ジト目で睨まれる。

「ふふ。ご主人さまはこの後、私たちに何でもお願いできるんですよ？」

リリィが微笑む。

そうだった。あの勝負は俺が勝ったんだ。

負けてもマシな相手になってほしいとしか考えていなかったから、自分が勝った時のことを何も考えてなかった。

「旦那様のお願い楽しみね」

妙にハードルが上がってる気がする……。

俺がそっちに気を取られているとビレナがミラさんのところに行っていた。

「にゃはは！　今回はお土産ないけどね」

「毎回じゃなくていいわよ。というより私、給料よりお土産代の方が大きくなってるんだけど……」

複雑そうだった。

「おかえりなさいませ、主様」

いつの間にか近づいていたシーケスがそばに来て頭を下げる。

「シーケス、異常なかったか？」

「はい」

シーケスが家にいてくれる安心感はすごいな。

単体戦力で少なくともAランク相当。テイムの影響を考えればSランク相当の強さがあるだろう人間が留守番をしてくれるのだ。

しかも元々が暗殺者。周囲の状況を把握する能力にも特化してるしな。

ミラさんやルミさんも住むようになった以上、こういうのは大きい。

「ルミさんはしばらくギルドにって話だったけど、こっちは大丈夫そうなのか？」

開拓のためにすでに人が動いている。

ルミさんがギルドとこっちを行ったり来たりなのでミラさんにも色々見てもらうことになっていた。なし崩し的に。

「ええ。私が見ている限りは問題ないみたいね。というより、あんたが何とかしなさいよね！」

ミラさんの言う通りではあった。

さっきのやり取りでルミさんはしばらくギルドに回っているので、こっちのことは雇った人たちに任せきりということになるしな。

まあ任せられるくらいの人をルミさんが集めてくれているからこそだし、なんだかんだ言いながらミラさんは面倒見がいいからな。

「そういうことなら少し、神国の様子も気になるな」

「ふむ。お主は戻っても良いかもしれんな。何かあれば私を喚《よ》べばよかろう」

「あれ？　バロンってベルのこと喚べるようになったのか？」

いつの間に……。

同じ闇魔法の使い手だしこの辺りの相性はいいんだろうな。

俺も全員テイムしているはずなのに、パーティーメンバーで召喚ができるのはベルとバロンだけだ。

ベルは当然、補助ありで。

一緒に戦ってくれるキュルケでもギリギリ。逆に補助が期待できない上に身体も大きいギルは難しいという具合だ。

精霊はまた別の原理なのでリアミルとカゲロウはいつでも喚び出せるんだけどな。

「ベル殿の補助あってのものだがな」

「闇魔法についての才能はやはりこやつがずば抜けておるからの。やはり私も神国に戻るか」

「あれ？　なんでだ」

「今後の動きでまず命の危機に脅かされるのはバロンだろう。そしてそれを最も効率よく強くできるのが私だ」

なるほど。

ベルがバロンを鍛えるわけか。

バロンを改めてみるが、騎士甲冑に身を包む本気のバロンは今向き合ってもやっぱり強者のオーラに溢れている。

現時点では互角以上にやりあえているが、どうなるかわからない相手だ。

「ご主人さまは、ティエラとリアミルちゃんに鍛えてもらってはどうでしょう？」

「あ、いいねいいね！」

「なるほど。精霊魔法ね」

リリィの提案に二人が乗っかる。

確かに俺のメインは今カゲロウとの精霊憑依だ。

当初はキュルケとの連携だったが、もうこれ以上連携を高めるにはお互い強くなっていくしかない。

リアミルの力はまだ借り物という感覚が強くて使いこなせていないしな……。

「いい感じのパーティーになって来たねー！」

ビレナのテンションが上がる。

当初の目標であるSランクパーティーももはや夢ではないどころか時間の問題のようにすら思えてしまうからな。

「ギルも強くできてたら良かったんだけどな」

「ドラゴンの育て方、よくわかんないからなぁ」

そこなのだ。

ギルも現状の移動要員に甘んじているのは良しとしていない。

とはいえ現状では……。

「ご主人さまが強くなって、テイムの恩恵を与えるくらいしかありませんね」

「まあそれでも十分、その辺のドラゴンの比ではないんだがな」

「お主らが行く場所行く場所おかしなことになっておるから悪い」

バロンとベルの擁護も的を射ている。

「ま、そのうち強くなるでしょー」

ビレナの楽観的な感覚に今は同意しておくしかないな。

「ではそのギルも借りていくぞ」

「ああ。気を付けて」

「何かあればすぐ喚ぶと良い」

ベルとバロンはそのまま神国に向かう。

「では旦那様、やりましょうか」

「よろしくお願いします」

「私たちは開拓のお手伝いですかね」

「そうだねー！　あの子たちとも遊びたいし！」

ビレナの言うあの子たちは多分、周囲の警護をしてくれているグランドウルフたちだろうな。

ティエラを追うためにエルフが送り込んできた魔物だったが、俺がテイムして以来ビレナの方がすっかり仲良くなっていた。

「きゅっ！　きゅっ！」

「キュルケもビレナたちの方に行くのか？」

「それがいいかもしれませんね。しばらくご主人さまは精霊魔法と精霊憑依の特訓でしょうし」

「きゅー！」

キュルケも特訓する！　という意志を見せる。

「じゃあお互い頑張るか」

「きゅっ！」

キュルケとグータッチをしてそれぞれ別れる。

「じゃあ一旦それぞれ、頑張ろう」

「おー！」

実はなんだかんだで厄介そうな領主としての仕事から逃れられてラッキーという気持ちをもって、ティエラとの特訓へと向かったのだった。

◇

「死ぬ……」

「大丈夫よ？　すぐそばにリリィがいるんだから」

特訓、という名の地獄が始まって多分一時間……も経っていない。

というのにボロボロになっていた。

俺の横にはヘロヘロになったカゲロウと、一応見栄えだけは保ちつつも限界を迎えたリアミルがいる。

「ビレナの特訓でももう少し優しかった気がする……」

死ぬと言った後にリリィの名前が出てくるのがおかしい。

リリィですら万が一死んだら治すと言うだけで、死ぬ前提で特訓はしたことがない。

ビレナもそうだよな……？

「そうかしら？　あの子、無茶な場所にいきなり連れて行って死んでもおかしくないことさせなかった？」

「それは……」

Dランクの俺を最初に連れて行ったのがギルやカゲロウのところだったからその通りだ。

しかもよく考えたらあのときはリリィがいなかったから、本当に命がけだった。

まるで見てきたようだな……。

「その点私は死なないようにしてるわ」

「死なないギリギリを常に攻めてこられるのがしんどい……」

「キュゥ……」

「わ、私はまだやれるわ」

満身創痍なのに強がるリアミル。

これも俺が死にかけてる原因の一つで……。

「リアミルがそう言うならやるしかないな……」

「キュクー」

ヘロヘロになりながらも何とか立ち上がる。

「いい信頼関係ね」

涼しい笑顔で笑うティエラが怖い……。

ここまででやってることは同じことだ。

「行くわね？」

ティエラが魔法を放ち、俺たちがそれに耐えるだけ。

「ぐっ⁉」

当然生身じゃ俺は一瞬で死んでしまうのでカゲロウを憑依している。

だがティエラの魔法はそれだけでは足りない。

リアミルとの連携が必要なのだが……。

「しっかり合わせなさいよ！　女王様の魔法なんだから中途半端じゃ無理よ⁉」

「それはそうなんだけど……くっ⁉」

やろうとしていることは精霊憑依の重ね掛け。

炎がイメージできるカゲロウと違い、リアミルははっきりと形のある美少女だ。

纏うイメージが浮かばないという問題もあるし……。

「あら、限界かしら？」

「あ……」

意識が飛ぶ。

ティエラの魔法のせいではない。

俺のキャパの問題だ。

「旦那様はテイムのキャパは無尽蔵のようだけれど、こちらは流石に限界があるのねぇ」

意識を失っていた時間は多分一瞬だろう。

気付けばこうして、ティエラが膝枕の上から声をかけてくれる、というのを繰り返していた。

この膝枕がなかったらもうちょっと早く挫折していたと思う。

「テイムと同じ原理だとしたら……信頼関係が足りないか……？」

俺のテイムに事実上キャパがなくなっている理由については、星の書やリリィたちとの話のおかげで信頼関係であるという話が何度か出ている。

通常のテイムは力で抑えつけるため、テイマーの素養――つまりキャパシティまでしか従えられない。

だが、信頼関係をベースにするならテイマーはキャパシティを削らずに関係構築ができる……みたいな話だったはずだ。

精霊憑依も、カゲロウのことを信じ切れていなかったせいで力を発揮できないことがあった。

これが原因かと思ったが……。

考え込んでいるとティエラが自分の場合を教えてくれる。

「私の魔法の原理はそうね……精霊たちに手助けしてもらっているから、精霊たちにとって私がどういう存在でいるかが重要かしら」

「どういう存在でいるか……？」

「ええ。私は女王。それに恥じない自負を持って精霊を使役する。森の中でしか戦えないような存在ではない、もっと絶対的な存在だと自分を信じ込む……」

信じ込む……か。

「そうよ。アンタはもっと自信を持って私を使えばいいのに、私に合わせようとするから悪いのよ。そもそも合わせるのなんて得意じゃないんだから私に任せたらいいじゃない！」

膝枕のままティエラを見上げていた俺の視界を遮るようにリアミルが飛び込んでくる。

「ふふ。旦那様は自信がないのが課題、とリリィも言ってたわね」

「それはなぁ……」

どうしても周りと比べてしまうのだ。

このとんでもない仲間たちと。

「考え方を変えたらどうかしら。旦那様ありきでこのパーティーは成り立っている。全員がテイムの恩恵で強くなっていることは間違いないわ。旦那様がいなければパーティー全体でどれだけ力が失われるかで考えたら、少しは実感が湧くかしら」

「それは……」

考えたことはなかったな。

「ビレナも角を失って、リリィは翼を失う。私も正直、テイムなしでは本来の森を離れてここまでの魔法は放てなかったわ」

「そうなのか」

「そもそもベルちゃんなんて、旦那様がいなかったら世界を半分滅ぼしてるわよ？」

「あー……」

バロンもある程度恩恵は受けているのはわかる。

もちろんこれは俺だけの力というより、パーティー内で強化のサイクルが回っているからなんだけど……。ビレナをテイムして俺とビレナが強くなって、その分リリィが強くなって……と少しずつ広がってループしているわけだ。

ただそれも、テイムの恩恵……か。

「わかった」

立ち上がる。

「ふふ。目の色が変わったわね。好きよ？　そういう目」

とんでもなく綺麗な美女であるティエラがこちらを覗き込むようにしてそんなことを言う。当然ドキッとするんだが……。

「ほら、集中しなさい」

「ああ」

リアミルに気合いを入れ直される。

「カゲロウ。もう一回だ」

「キュクー」

カゲロウを纏い直す。

信じる。

仲間を、というのはもちろんだが……。

「俺の力を……！　頼むぞ！　二人とも！」

「キュクー！」

「ええ！」

ティエラから魔力があふれ出すのを、三人で迎え撃つ。

ティエラの周囲の空気が乱れていくほど激しい魔力。こんなもの喰らえば本来、竜ですらひとたまりもないのだ。

これまでギリギリ死なないでいられるくらい耐えてこられたこと自体、すごいこと。

もちろんそれは仲間のおかげだけど……。

「俺の力でもあるから！」

「行くわよ？」

ティエラがつぶやくと、空気すら歪ませるほどの強大な魔力が押し寄せてくる。

「ぐっ⁉」

手をかざしてダメージを軽減しようにももはや周囲全てがティエラの攻撃のための魔力に支配される。

暴風雨の中から逃れられなくなったような息苦しさを感じながらも……。

「行ける……」

俺はこのくらいじゃ死なない！

強い自分をイメージする。

カゲロウも、リアミルも、俺に力を貸すのは当然と思って受け入れる。

「これは……」

リアミルの力が今までよりもはるかに直接的に感じ取れた。

「はぁ……やっとここまで来れたわね」

カゲロウを纏っているのとはまた違った感覚。

だが、リアミルがすぐそばに、まるで自分の中にいるかのような錯覚を覚えるほど近くに感じ取れる。

「任せなさい。女王様の魔力とはいえ、このくらい私がいれば何でもないんだから！」

「キュクー！」

二人の力が身体の中へ流れ込んできて、掛け合わされるように膨れ上がっていく。

そして……。

――パァンッ

俺たちの周囲を支配していた魔力が弾け飛んだ。

「はぁ……はぁ……これが……」

「ここまで上位の精霊を二体も同時に纏えるのはおそらく、大陸でも旦那様くらいでしょうね」

結局倒れ込んだ俺をティエラが覗き込んでくる構図は変わらないが……。

「おめでとう。これなら一緒に戦えるわ」

「よかった……」

記憶があるのはそこまで。

その後はリリィの回復が来るまでやっぱり、ティエラの膝枕で寝かせてもらっていたようだった。

◇

「ん……？」

下半身に違和感を感じて目を覚ます。

確か精霊憑依で全部出しきって、倒れ込んでティエラに支えてもらって……。

「おはよう、旦那様」

良かった記憶は合っていた。

ティエラが上から覗き込んでくれているあたりやっぱりここはティエラの膝の上だろう。

それはいいんだが……。

「なんで乳首いじって……というかいつの間に脱がされてるんだ⁉」

ティエラの手が俺の胸元をまさぐっている。

そして極めつけは……。

「ふぁ……ふぉはようふぉざいまふ。ごひゅじんひゃま」

俺のモノを咥えたままリリィが言う。

「なんで……」

チュポッ、と音を立ててようやく口を離したリリィがこう言う。

「ヒールをかけて回復したことはわかったのですが、同時にこちらが元気になっていたので」

口からは放してもすぐにその豊満なおっぱいで包み込んで刺激をやめない。

というかここ外だよな⁈

「大丈夫ですよ。この辺りはもうご主人さまの領土ですし」

「それに誰か来たらすぐ精霊たちが教えてくれるわ」

精霊の無駄遣い過ぎる……。

カゲロウは俺が意識を手放すと同時に消えている。

普段はこうして喚び出さない限り精霊界と呼ばれる別の空間に存在しているらしい。

リアミルは何故かそのまま残っていた。

「何よ……」

リアミルが睨んでくる。

「いや……帰らないで良かったのか」

「女王様とするなんて百年早いわ！　私が枯らしちゃうんだから！」

そう言ってリリィから奪い取るように俺の息子に飛びついて来る。

流石にサイズ差があるが、小さい身体のまま一生懸命舐めるその姿に少し興奮する。

「あら……旦那様は本当に懐が深いわね」

リリィに攻められていたとき以上に硬くなったことを見抜いたようにティエラが言う。

いつの間にか膝枕の体勢を解いて自分も脱ぎ始める。

芸術的な裸体がひと目に付かない森の中とはいえ青空の元に解き放たれていた。

隣にリリィがいるせいで控えめに見えるが、ティエラの胸も全くないわけではない。

むしろ程よい膨らみが興奮を煽るし、それでいて意外とむっちりした太ももが目に飛び込んできてギャップにやられそうになる。

ちなみに横になっている俺の身体はティエラの魔法で支えられたままで、透明な柔らかいベッドのようなところに寝かされている状態になっていた。

「さて……ご主人さま。私たちはこの前の勝負でご主人さまに負けているので、今なら何でも言うことを聞きますが……」

リリィも立ち上がり、胸だけでなく全身の衣装を自ら脱ぐ。

スレンダーなティエラと並ぶと一層魅力が引き立つようだ。お互いに、だが。

「むっ……ペロ……なに女王様で大きくしてるのよ！」

「仕方ないだろ!?　ん……」

「ふふっ……そのまま私のテクニックで無様に果てたら……むっ!?」

小さいリアミルが俺のものを一生懸命頬張った瞬間、一度目の限界が来た。

ビュルビュルと音が聞こえてくるような勢いそのままに、リアミルの口を、いや全身を襲う。

口に入り切れなくなって離れたせいで、ダイレクトに全身にかかっていた。

「ごほっ……かは……ちょっと！　出すなら出すって言いなさいよ！」

ドロドロになったリアミルが抗議してくる。

「ちょっとこの大きさで受け止めるのは無理がありましたね」

「むぅ……まだ終わらないわ」

リアミルの身体が光ったかと思うと、スルスルとその光が大きくなっていく。

前と同じだ。

実体を伴う幻術として、身体を大きくさせていた。それでも二人と並ぶと小柄なんだけどな。

「あら。次は私じゃないのかしら」

「女王様⁉」

やる気満々のティィエラにリアミルが驚く。

リリィも譲る気がなさそうだが……。

「二人とも、俺の言うこと聞かないといけないんだよな？」

「ふふ。そうですね。何か思いつきましたか？」

いやらしいことをお願いされると確信しているリリィが妖艶な笑みを浮かべる。

だがおそらく、俺の提案はリリィの期待を裏切るだろう。それを狙ってるしな。

「近くにビレナもいるだろうし、どうせなら一緒がいいんだけど」

「わかりました」

すぐにリリィが魔法を上空に打ち上げて合図をする。

ビレナは一瞬でやってきた。

「呼んだ？　あー……にゃるほど。そういうことね」

到着と同時に全てを理解して脱ぎ始めるビレナ。

早すぎる……。

「待った。全員でやるんじゃなくて、ちょっと三人にはお願いしたいことがあるんだ」

「あ、この前の勝負だねー。あの服、着る？」

ビレナの提案は魅力的だ。

「それも採用で」

「にゃはは。いいよ」

収納袋から衣装を取り出してリリィとティエラにも配りながら着替えていく。

その恰好で……。

「三人はそのままそこで、オナニーしててほしい」

「え……？」

着替えをしていたビレナが固まる。

「ふふ。なるほど。焦らすのね？」

ティエラが微笑む。

リリィは何故かゾクゾクと身体を震わせてもう股間を濡らしていた。流石はドM聖女だ。

「お預けプレイかー」

「ああ。でもまあ、おかずは提供するから」

すぐそばにいたリアミルを引き寄せて言う。

「私っ!?」

「やる気満々だっただろ」

「それはそうだけど……ええ⁉　女王様に見られ――」

「いやらしくしてくれなきゃだめよ？　おかずなんだから」

ティエラはすっかり悪ノリしていた。

なんかいいな……。

「じゃあ……」

合図でも出そうかと思ったが……。

「んっ……はぁ……ふぅっ……」

「にゃはは。もう始めちゃってる……んっ」

リリィが勝手に自分で身体をまさぐり始める。

ビレナもすぐに続いた。

そして……。

「なんだか恥ずかしいわね……んっ」

控えめながら股間に手を伸ばして刺激を始めるティエラ。

あとは……。

「やるぞ」

「本気っ⁈　なんだか私が一番恥ずかし……んぅっ⁉」

問答無用で口をふさいで、そのままお尻をわしづかみにして全身を愛撫していく。

一瞬で目をとろけさせたリアミルの服を強引に脱がすと、乳首がこれでもかとビンビンに存在を主張していた。

「ティエラに見られて興奮してるのか」

「違っ……ひゃぁっ!?　待って！　乳首だめ……待って……おねが……あぁぁっ！」

いつもは焦らして胸から愛撫するが、今日はあえていきなり乳首をつねる。

効果は覿面《てきめん》だった。

「らめ……乳首……ごめんなさい許してくだひゃ……あぁああああああ」

股間はもちろん、顔までよだれで濡れ始めるほど今乳首を攻められるのは弱かったらしい。

そんな表情を見たら……。

「ねえ……リントくん……んっ……リアミルだけでもダメ？」

俺ももっと攻めたくなったが、見ていたビレナたちにもそれは伝染していく。

それでも三人にはもう少し意地悪がしたいからな……。

「ビレナはそのまま。リリィ」

「んんんんんっ!?」

声をかけられると思っていなかったのか、もはや我を忘れていたせいか、声をかけただけでリリィの身体が跳ねて絶頂に達したらしい。

リリィはスイッチが入ってから前も後ろも穴に指を入れて全力でオナニーしていたからな。

「はぁ……はぁ……。な、なんでしょう……ご主人さま」

トロンとした目のまま、リリィが聞いて来る。

取り繕うが今さらだろう。

「リリィがビレナを攻めて。ビレナは反撃禁止。リリィも自分でいじるの禁止で」

「えっ」

「そんな……！」

ビレナは攻めながらする方が楽しめるし、リリィは明らかなドM。

あえて望み通りにしないことで焦らすとしよう。

「旦那様？　んっ……私は……どうするのかしら？」

ティエラが片手で乳首を、片手であそこをいじりながら期待した表情で聞いて来る。

「ティエラは……周囲の精霊とのやり取り、一度やめられるか？」

「えっ」

「周りに誰か来ないように、ずっと見張ってるんだろ？」

「そうだけど……それがなくなったら……」

手の動きが速くなる。

想像しただけで興奮しているようだ。

「誰かに見られるかもな？」

「んんんっ⁉　はぁ……はぁ……いいのかしら？　旦那様は」

明らかに今までと違う表情でこちらを見つめてくる。

期待と不安と、それ以上の興奮を隠しきれていない。

「いいよ」

「んっ！　はぁ……はぁ……あああっ！　そんな……外で……誰が来るかもわからないのに……こんな……あぁああっ！」

一人でも何度もイけるだろう。この調子なら。

もちろん俺の方でも警戒しておくんだけど、ティエラが精霊を使えないことが重要だ。

今までのティエラは露出をしているとはいえ安全を自分で確保していたからな。

それがなくなったことで、ティエラのリミッターが外れる。

「んぁっ！　はぁ……あぁっ！　気持ちい……んんんっ！」

その間にリリィがやけくそ気味にビレナを攻めていた。

「ビレナ……覚悟してくださいね」

「あっ……くふっ……んっ……」

全身をねっとりと、丹念に舌で愛撫していくリリィ。

じれったい刺激にビレナが我慢しきれないと声を漏らす。

二人とも胸を押し付けてなんとか乳首に刺激を得ようとしているのもわかるが、そのくらいはノーカンにしておこう。

「さてと……」

「え……この状況でまだ……？」

「まだ挿れてもないだろ？」

「それは……」

むしろこれからが本番。

リアミルもそれはわかっているんだろう。口では戸惑いつつも目は期待で潤んでいる。

「ああそういえば」

「どうかしたのかしら」

「ティエラが精霊をつかって見張りをしなくなったし、二人もあんな調子だから、リアミルが頑張らないと、女王様のあられもない姿を皆にさらけ出すことになるぞ？」

「えっ⁉」

リアミルの戸惑い以上に……。

「んんあああああっ！　ああっ！　そんな……あっ……あぁっ」

ティエラの興奮が大きくなる。

この調子なら完全に見張りの精霊はもう使っていないだろう。

「ティエラの代わりに頑張らなきゃな？」

「それは……集中しないと!? んんんんんっ！ 今！ 挿れたら！ あぁぁあああああああっ！」

不意打ちでリアミルに挿れてそのまま激しく突いていく。

「んっ！ ああっ！ あっ！ 待って！ あぁっ！ そんなにされたら……！ あああぁ！」

余裕がなくなったリアミル。

立ったままリアミルを持ち上げる形で挿れたので、正面で一人で慰めるティエラからは全てが丸見えになる。

挿入部も、おっぱいも、感じた顔も……何もかも。

「恥ずかし……んっ！ せめて体勢……あぁっ！ 待って！ ねえ！ あああああああ！」

「ティエラ、キスしてあげられるか？」

「えっ」

「ふふ……んっ……いいわね」

「そんな……んっ！ こんな！ ああっ！ 状況で！ ああっ！ 女王様ダメ……ダメえええんんんっ?!」

キス、としか言わなかったのは俺なんだけど、なんとティエラはリアミルと繋がっている俺のモノごと、リアミルの股間に顔をうずめてきた。

「そんなっ！ ああっ！ 女王さ……んんらめ……らめで……あああああっ！」

「くっ……なかなか刺激が……」

「ふふ。大丈夫。ちゃんとしたキスもしてあげるから」

そう言うとティエラの顔が離れる。

だがリアミルの身体をじわじわ駆け上がる形で、お腹から胸にかけて舌を這わせて……。

「待って……だめ……んっ！　ダメです……今……胸は……胸はぁああああああああっ⁉」

ティエラの舌がリアミルの乳首に達した途端、身体がビクンビクンと跳ねた。

「ああああっ⁉」

「おお、すごいこれ」

膣内が激しく暴れる。

そのくらい一気にイったんだろう。

「ふふ……ダウンしちゃった」

最後にちゃんと顔にもキスをしたところで、リアミルが限界を迎えたらしく光の粒になって実体が消えていく。

そのまま精霊界に戻ったんだろう。

「旦那様？　そろそろいいわよね？」

ティエラが聞いて来る。

リリィに攻められてめちゃくちゃになってるビレナも限界は近いだろう。

これ以上焦らすのは俺の身が危険というか、もうヤバい気もするけど……。

「いいよ」

俺ももう我慢なんてできない。

ティエラが貪るように唇を奪って来たかと思ったら、すぐにビレナとリリィもこちらに気づいてやってきた。

「じゃあやっちゃおー」

いつの間にか上を取られて、ビレナがまたがってくる。

「ずるいわね……まあしばらく私はこっちでいいかしら」

そう言うとそれまでより一層激しく、口の中を犯されるように舌を入れられる。

「いつの間にそんなキス覚えたんですか？」

「ふふ」

リリィの質問には笑うだけで答えない。

というかリリィも限界を超えてそうだしこれ以上襲われるとやばいと思ったんだが……。

「リントくん、リリィもう限界だから、ちょっといじったらイくと思うよ」

「そんなことは……」

そう言って強がるリリィだが、確かによく見ればこれでもかというくらい乳首も、クリトリスも膨らんだようにビンビンになっていた。

元々がでかいからより際立つ。

その際立った弱点を強めに刺激するだけで……。

「ご主人さま……待ってくださ——ひゃあぁあああっ⁉」

「そっか。ずっと自分でもいじっちゃダメって言ってたんだった」

溜めに溜めた刺激だったんだろう。

リリィならいきなり下を攻めたほうが喜ぶと思ってそうしたんだが、刺激が許容量を上回ったらしい。

「うぐっ……かはっ……ひゅー……ひゅー……はぁ……」

リリィが呼吸を荒くしている。

一瞬心配したけど、それが興奮によるものだとすぐにわかる。自分でさらにいじり始めたくらいには、スイッチを入れてしまったらしい。

「にゃはは。じゃあ私も動くから」

「くっ」

ビレナが腰を振る。

俺も俺で結構限界だったんだ。いっそここは、ビレナに集中してイかせたいんだけど……。

「旦那様？　だめよ？　逃げちゃ……」

そう言って両手で顔を押さえてくるティエラに唇を奪われる。

「んっ！　くっ！　はぁ……これ……いい！　んんんっ！」

ビレナが自分で動きながら、片手で身体を支えて、片手でクリトリスを刺激する。

もうビレナも俺を攻めるより、気持ちよくなりたい欲求が勝っているようだ。

だったら……。

「ビレナ……！」

「んっ！　ああ！　いい！　リントくん……！　んっ！」

ビレナの腰の動きに合わせて俺も腰を動かして下から突く。

いつもより普通のセックスなのに、いつもより感じるのはそれまでの焦らしがお互いに効いていたってことだろう。

「イく……！　んっ！　ああっ！　あぁぁぁあああああああ！」

「俺も……！　くっ……」

そのままビレナの中で果てる。

その間中もずっと、ティエラがキスをしたまま俺の身体をさわさわと刺激してきていた。

「はぁ……はぁ……にゃはは。気持ち良かったー」

ビレナは意識を失ったりはしないものの、そのまま倒れ込んで横になる。

一応体力の限界まではヤったんだろう。

「じゃあ旦那様……？」

待ちきれないとばかりにティエラが俺を見つめる。

俺ももう限界だし……。

「動きたいから、こっちからで」

「えっ……そんな恥ずかし——んんっ！」

ティエラの細い身体を持ち上げて反転させ、お尻を突き出させた瞬間挿入した。

「ああっ！　後ろから……激し……んっ！　んぁっ！」

「そんな長く持たないから……！」

「ええ……いいわ……んっ！　ああっ！　あっ！　んんんっ！」

ティエラが軽くイったことで膣内が収縮され……。

「イく……！」

ドクンドクンと、脈打つ音が聞こえてきそうなほど激しく、ティエラの中に注ぎ込んだ。

あっという間ではあったが、これまでで一番多い量だったと思う。

「はぁ……はぁ……」

「んっ……はぁ……お疲れ様、旦那様」

ティエラはそう言うと振り返って優しく俺にキスをして、そのまま倒れるようにこちらにもたれかかってきた。

「みんな限界っぽいな……」

周囲の見守りは一応俺も精霊たちを意識することでできているし……。

「ベル、いるよな？」

「ご主人……まだ足りぬのか？」

「違う違う⁉　ちょっとこのままってわけにいかないから、手伝ってほしいなって」

「はぁ……仕方ないな」

ベルに手伝ってもらって三人に一応服を着せて、家に運び込んだのだった。

ベルもなんか濡れてた気がするけどまあいいだろう。焦らしプレイのようなものだしな。

◇

「よーしやるぞー！」

「おー？」

なぜか邪龍の巣に連れてこられていた。

ビレナが「行くよ」と言って、あれよあれよという間に領地に残っていた俺、リリィ、ティエラが連れてこられたという状況だ。

まあリリィもティエラもあんまり抵抗する様子がなかったというか……それはまあ俺もか。

ただ……。

「先にエルフじゃなかったのか？」

「邪龍の巣《こ こ》は邪龍以外にも色々いるでしょう？」

「邪龍本体はともかく、ちょうどいい相手が見つかるかもしれないですからね」

「うんうん。だいぶよくなったけど、リントくんたちの練習にいいかなって」

なるほど。

ティエラのおかげで随分やれるようになったとはいえ、やっぱりまだまだ安定感はないからちょうどいいかもしれない。

「まあでもその前に、ちょっと試したいこともあるよね？」

「試したいこと？」

「ベルちゃんがバロンのこと鍛えてくるんでしょ？　ティエラが育てたリントくんとどっちが強くなってるか、気にならない？」

「そうね」

ティエラが笑う。

これは……。

「ご主人さま、呼び出しちゃいましょう」

「いいのか？　向こうも結構忙しいんじゃないかって思ってたんだけど」

「にゃはは。むしろそろそろ寂しがってソワソワしてるかもよー？」

まあなんかそんな気もする……。

別にこのメンバーなら戻るための移動もそこまでの負担ではないしいいかと、バロンとベルに喚びかけを行った。

一瞬でバロンたちが姿を現す。

「何かあったか？」

「んや、リントくんの修行に付き合って欲しくてね」

「なるほどな」

バロンがニヤッと笑ったように思える。

思える、というのも……出てきたバロンはなぜかフル装備でノリノリなのだ。

「なんかテンション高いな？」

「ご主人になかなか喚ばれんから悶々としておったからな、あやつは」

「まじでそんなことになってたのか……」

可愛いところがあるなぁと思った。

「それはそうと、何か変わりはあったか？」

「そうですね。ご主人さまが二体の精霊を憑依できるようになりました」

「ほう？」

ベルが興味を示す。

「こちらも驚くだろう。ちょうど修行も一区切りついたところだ」

ベルに言われて改めてバロンを見ると、確かにオーラが少し変わって見えた。

「それも楽しみだが、領地の方は大丈夫か？　神国《こちら》は特に変わりもなかったので書類を処理してきたくらいだ」

「あ！　そういえばリントくんのための領主の館にハーレム用の住居作ったよ」

「え？」

いつの間に……？

というかハーレム用の住居ってなんだ……。

「国王をはじめご主人さまに娘を出したいという貴族や有力者は多いので、その整理も進めています」

「聞いてないんだけど」

「言ったらリントくん、修行よりそっちに夢中になってなかったー？」

「失礼な！」

ちょっと楽しみ……ではあるけどちゃんと修行はしたと思う。

なんといっても修行相手がティエラなんだから。

「ふふ。後宮、楽しみですね」

「そうか、後宮か」

「リントくんのハーレムだー！」

「……改めて考えると、お前らはそれでいいのか？」

バロンが確認するが、リリィが笑って答える。

「考えてみてください」

「何をだ……？」

「後宮が出来てご主人さまのお相手が増えたとして、何か変わることがありますか？」

リリィの問いかけに一瞬考えるそぶりをしたバロンが即答する。

「ないな」

「でしょう？　どうせご主人さまなんですから、女の子は増えるんです」

「それは確かに」

「俺、そういう認識だったの……？」

俺の言葉は誰にも聞こえていないように話が進んでいく。

「その点、貴族王族の娘を横並びにはできませんし、させる気もない。となるとパーティーメンバーの私たちが優位に立つには、後宮に押し留めておくのがちょうどいいのです」

「相変わらずだな腹黒聖女」

「何か言いましたか？　ベル」

「やめよ！　聖気をちらつかせるな！　お主のはシャレにならんのだ」

悪魔と聖女がこんなやりとりしてるのって、歴史上で見ても異例な気がするな。

「ま、とにかくどんどん強くなってもらわなきゃだから、まずはバロンと戦ってみなきゃね！」

「甘く見るなよ？　私とて何もしていないわけじゃないんだ」

「こやつは闇魔法の書もほとんどの部分を習得し、強さはお主らと離れる前の比ではないぞ？」

「おお……」

そこまでか……。

バロンだってもともとSランク超級だ。

さらに言えば星の書の取得者でもあった。武器の扱いに加え、闇魔法もあの本の水準になったと考えると……。

「ふふ。リントくんだって強くなってるもんね？」

ビレナが言ってくる。

「旦那様。実はあの修行の中で、旦那様も精霊魔法の書の一部を習得してるわよ」

「え……」

いやまあ、取得者《ティエラ》が教えてくれたんだからそう……なのか？

「大丈夫です。それに、キュルケちゃんも鍛えましたからね」

「そうなの？」

「きゅー！」

確かにちょっと強くなった……のか？

キュルケだけは見た目の割に元々おかしな強さになってきているし、よくわからないんだよな……。

「とにかく一度やってみましょうか」

「ああ……カゲロウ、リアミル」

「キュクゥゥウウウ！」

「ふふ。全身甲冑、なんか懐かしいわね」

リアミルは元々そうやって戦ってたわけだしな。

あれでもSランク相当の強さだったっていうのがおかしい……。

というかここまでの面々に囲まれてるのは、冷静に考えるとすごいな。

単体でSランク相当の精霊が二体。

そして……。

「キュルケも頼むぞ」

「きゅっ！」

おそらくキュルケももう、それだけの力がある。

バロンがフルフェイスの鎧を身に纏う。金属の隙間に黒いモヤが見える。闇魔法だ。

「へえ……これだと鎧の隙間から攻撃できないねえ」

「元々そんな器用なことはできないからいいけど……どう倒せばいいかは難しくなったな」

俺がそう言うと、ビレナが答えてくれる。

「大丈夫大丈夫。全身が硬い敵の倒し方は簡単だよ？」

「簡単……？」

「隙間狙ったりする必要ないからね！　全力で殴る！　それだけ！」

ウキウキ顔のビレナに、見えないはずのバロンの表情が引きつるのが見えた気がした。

「ふん。鎧も斧も使いようだ。そろそろ始めるぞ」

ベルが笑う。

「じゃあ準備できたー？」

「ああ」

「いいぞ」

「二人とも、何があっても髪の毛一本でも残ってれば再生させますから遠慮なくやってください」

「お主なら本気でやりかねんが……それはもう聖属性ではないからな？」

そんなしまらない会話を挟み、バロンと対峙する。

「じゃあいっくよー！　はじめ！」


――っ！

先手をとられた！

「リント殿には速さで負けているのだ。先に動かねば負ける」

「最初から俺を相手にする想定で……?!」

——ガキンっ！

鈍い音が響く。

「無論！　こうなることくらい予想できる」

「ぐっ!?」

バロンの斧にかかる黒い瘴気と、カゲロウの炎でできた剣がぶつかり合う。

今回はティエラとの修行と異なり武器もあり。

そろそろ手に馴染んできた柄しかないあの魔法剣を握っている。

カゲロウとリアミルは纏っているので、実体で戦うのは俺とキュルケだけだ。

反動を駆使して一度距離を取ろうとしたが、すかさずバロンが俺の背後に闇魔法を展開する。

「黒い棺桶って……」

「気をつけろ。触れるだけでも死ぬぞ」

「物騒すぎるだろ!?」

羽を広げてなんとか急停止。ベルに飛び方を教わっておいて良かった。

だがバロンの狙いはここからだった。

「悪いが決めさせてもらう！」

大振りの一撃は俺の目前に迫っていた。

だが……。

「キュルケ！」

「きゅきゅー！」

軽い返事のわりに頼りになる相棒が身体を輝かせながら俺とバロンの間に割って入った。

防御はキュルケ。

攻撃は俺。

そういう役割分担だったが……。

「闇の抱擁」

「きゅっ⁉」

バロンの言葉に応えるように現れた黒い何者かにキュルケが包まれる。

「きゅっ！　きゅきゅー！」

「何を⁈」

「ご主人の最強の盾はそやつ。最初から対策済みだ」

ベルが後ろから声を上げる。

闇魔法に囚われたキュルケが身動きができずにもがくが、完璧に動きを止められたわけでもないらしい。

「ここまで抵抗するか⁉」

黒いモヤに包まれかかったキュルケが光っているせいか、黒いモヤから何筋か光が漏れ出す。

バロンは片手間で行使していた術式を慌てて両手で補い始めた。

つまり攻撃を諦めたということ。

そしてそれは……。

「カゲロウ」

「キュクゥゥウウウ」

「しまっ――」

俺の攻撃のチャンスだ。

その隙を見逃すほど甘くはない。

カゲロウの炎を収束してバロンのガラ空きの胴へ魔法剣を突き立てる。

「炎槍！」

もちろん、リアミルの魔力も乗ったそれは、前回リアミルたちと戦ったときとは威力が違う。

「ぐっ……ぁあああああ」

バロンの受け身は間に合わず吹き飛んだ。

油断することなくカゲロウの炎を今一度練り直してためをつくる。

属性相性が悪くなければカゲロウの魔力をリアミルの魔力で補強する形が一番強い。

キュルケも解けた術式を弾き飛ばして出てきた。

よかった。無傷だ。

「まさかこんなあっさり負けるとは……」

こちらの警戒をよそに、バロンはあっさり戦意を収めた。

「まだ元気そうじゃないか」

「鎧がこれではその炎を迎え撃つ術がない。かじったばかりの闇魔法に頼りすぎたな……」

ガコン、とバロンの鎧が音を立てて崩れた。

「いや、模擬戦だから勝てただけだ。実戦なら俺もキュルケを気にしてあそこで攻撃に移れなかったかもしれない」

「そうか」

この勝負でキュルケを殺す気がないことはわかっていたからこそ、あそこでキュルケを助けることより攻撃を選べた部分もあるだろう。

キュルケを信じる、という選択肢ももちろん戦闘中に生まれるが、それでも一瞬の迷いが勝敗を分けたかもしれない。

「でも、今のスピードでそこまで考えられたのが成長だねー！」

「そうですね。連携もバッチリですし、キュルケちゃんの無事もリンクして感じ取っていたからこそでしょう」

リリィが俺たちにヒールをかけながら言う。

「私が言うのもおかしな話だけれど、強いわね……キュルケちゃんとの連携も流石だし。次は私がやろうかしら？」

「あっ！　じゃあ次私！」

「それなら私もやりましょうか」

ティエラに続けてビレナとリリィもそんなことを言い始める。

「俺はここで死ぬのか……」

「大丈夫ですよ？　何度でも蘇らせますから」

リリィがいれば本気で生き返りすらできる気がするんだけど……一応ここまで死なずにやれてきたのに初めての死因が仲間のせいというのは勘弁してほしい。

「ご主人。私はそうだな……八割くらいの力で相手してやるぞ」

「ベルの八割は大陸の形が変わるだろ！」

もちろん他のメンバーもそれぞれおかしな力を持ち合わせているが、制限なしのベルはそれこそ神話級の生き物だ。

邪龍より遥かに恐ろしかった。

「ま、でも模擬戦はいい経験だよね」

「ずっとバロンでも飽きるでしょうし」

「待て。何度もやるのか……？」

「鎧はなくなったけど服はあるでしょ？」

ビレナがバロンのいつもの服を見せながら言う。

あの露出の激しいメイド服だ。

「待て！　戦う服じゃないだろうそれは！」

「ですがバロン？　いつどこで戦闘になるかわからないですよ？」

ああ、これは言いくるめられそうだな、と思ったんだが……。

「というより、俺とバロンならともかく、皆がここで暴れたら流石に邪龍を刺激しないか？」

「そのくらいなら……と言いたいがこやつらではわからんな」

ベルが冷静になる。

「ダンジョンに行く準備運動くらいならいいんじゃないかな？」

ビレナが屈伸しながら言う。

「そうねえ。確かに。少しくらいならいいと思うわ」

ティエラもスイッチが入り……。

「そうだな。少しくらいは良かろう。バロン。甲冑のことは心配するな。多少手足が吹き飛んでも聖女が治す」

「そうですね」

「何も安心できん！」

ベルも普段は常識枠とはいえ元が元だ。

俺とバロンだけではこの空気はどうしようもない。

「では、軽くやりましょう」

リリィから翼が生えて聖気が溢れて後光が指す。

神々しい雰囲気なんだけどバイオレンスなんだよな……今から始まるのは……。

◇

「はぁ……はぁ……もう無理……」

結局本当に容赦なく、俺とバロンが準備運動に付き合わされることになった。

最後にバロンとやり合って、それで力尽きた。

加減なしで勝てる相手たちではない上、邪龍を刺激するわけにはいかないのでいくつか制約をつけてもらったわけだが、それでもなお勝率は五割に届かなかった。

バロン相手でも結構負けたしな。

ちなみにバロン相手は、普通にやると互角なので最後だけこのダンジョンで拾った黄金のスライムを使わせてもらった。

不意打ちに加えて、すでに服が服だったバロンはあられもない姿になったんだが……。

「限界だな」

「リント殿……せめてこんな姿にしたのだから何かしら反応が欲しい」

バロンが悲しそうに言う。

そんな余裕もなかったんだが、改めて見るとほとんど裸になって身体を必死に押さえて隠そうとしているバロンがエロい。

そこに反応したのは俺だけじゃなく……。

「いつも思うけれど、いい服よね、あれ」

ティエラも反応していた。

なんか方向性は違うかもしれないが……。

「もはや跡形もないがな」

「ねえ、本当に外で裸になってるのってどういう気持ちなの？」

「まだ裸ではない！」

もう布が残されていない胸部を隠しながら涙目でバロンが叫ぶ。

というか……。

「ティエラ？」

目がちょっとトロンとしてるというか……これ、バロンのせいでスイッチ入ったな？

この前もそんな状態だったし、ティエラは露出趣味があるな……。

「旦那様。ちょっと休憩、どうですか？」

肩を露出させながらティエラが言ってくる。

「ふふ。それもいいですね」

リリィがそう言いながら、何も言わずヒールをかけてくる。

それだけでさっきまで一歩も動けないと思っていた身体に活力が戻ってきた。

毎度毎度、とんでもない魔法だった。

「ちょ、ちょっと待て！　反応が欲しいとは言ったがここでするのか⁉」

「まあ前もここでシたよね、そういえば」

そういえば……。

黄金スライムの流れまで一緒だったな。

変わったのはティエラが加入したこと……か。

ティエラに改めて聞いてみる。

「露出、好きなんだな」

「そうなのかしら。でも、あの森にいたら性的に見られるなんてなかった種族だから、新鮮なのかもしれないわね」

すでに乳首が見えそうなほど服を下げながらティエラが言う。

そんなことをされたらもう……。

「リント殿、今回は先に私だぞ」

ティエラで完全にその気になったところをバロンに遮られる。

「そうね。横取りはしないわ」

「えー！　じゃあベルちゃんでいっか」

「いつも私を雑に……んっ⁈　待て！　ひゃんっ」

「にゃはは。可愛い反応だなー？」

「やめ……お主どんどん質が悪く……んんっ⁉」

「質が悪いというのは、上手になってるということですね？」

リリィもあちらに参戦するようだ。

「ティエラはいいのか？」

「ええ。旦那様に見てもらいながら高めておくわ」

そう言って微笑むと、見えそうで見えないギリギリだった乳首が露わになる。

かと思えばすぐに手で隠して……。

「気になるわよね？　バロンとしながら私を見てイくのも、いいんじゃないかしら？」

「なっ……私の立場は……」

「あら。でもその話を聞いて濡れたでしょう？　意外と攻められたがりな騎士さん？」

「くっ……」

バロンの顔が赤くなる。

俺が見つめていることに気づくと顔を反らして……。

「好きにすればいいだろう！　ほら！」

自ら股を開いて促してくる。

まあちょっと試してみるか。

「ティエラ、もうちょっとこっちで見せてよ」

「ええ。もちろん」

「くっ……なんなんだこの……んんんっ⁉　はぁ……んっ！」

誘うように身体を見せつけてくるティエラに視線を合わせながら、バロンを突く。

「なんかいつもより濡れてるな？」

「んっ！　くふ……んっ！　ああっ！　違う！　これは違うんんんんんっ⁉」

ちょっと激しくしたらあっさりイった。

「うぅ……みじめだ……んっ」

表情を見れば、そのみじめさを楽しんでいるのがよくわかった。

顔はもうとろけて崩壊寸前だ。

もっと意地悪したくなる。

「ティエラ。キス」

「そうね……んっ……」

バロンに挿れながら、ティエラとキスをする。

明らかにティエラに夢中という姿勢を崩さず、それでもバロンは感じざるを得ないように刺激を与え続ける。

「んっ……んんっ！　こんな……みじめで……んっ！　あああっ！　あっ！　あんっ」

「やっぱりいつもより声が激しい」

「ふふ。じゃあこのまま、私をおかずに、バロンで性欲処理かしら？」

「そんな……んんんっ！　だめだ……んっ！　だめなのに……んっ！　んっ！　ああああああっ！」

快楽に必死に逆らおうとするバロンだが……。

「あぁああああああああっ！」

呆気なく快楽に負けてしまった。

「はぁ……んっ！　はぁ……はぁ……そんな……んっ……リント……殿……」

潤んだ目でバロンが俺を見つめてくる。

それでも腰を動かすのはやめず……。

「んっ⁉　何をいきな……んんんっ⁉」

いきなりバロンの唇を奪った。

そのまま放り出されていた胸にも愛撫を加えて、全身でバロンを求める。

「あっ！　そんな……さっきまで……んっ⁉　ああっ！　いきなりすぎ……んんんんんっ⁉」

自分でも反応が追い付いていない様子のバロンだが、身体の方もパニックを起こしているのか痙攣を起こすほど一気にイく。

「意地悪して悪かったから……お詫び」

「いや……これはこれで良かっ……違う！　いやもう限界……んっ！　限界らから！　だからもういらなんんんんんんんっ⁉」

「最後はちゃんとバロンを見てイこうと思って」

「んっ！　ああっ！　もう……無理……無理だが……んっ！　ああっ！　きて……んっ！　きてくれ……！　んんっ！」

「イくよ」

「ああ！　あっ！　あぁぁあああああああああああああああ」

あれだけ激しくイった後だというのに、俺に合わせて再びバロンは盛大にイった。

「流石にバテたわね」

「みたいだな」

こと切れたように力が抜けたかと思ったら、すぐに安らかな寝息が聞こえてきた。

にしても逆に、ここまで持っていたのがすごいな。

流石はうちのパーティーが誇る前衛だった。

「あっ！　あっちも終わってる！」

「そうですね」

「ま……待て……お主ら好き勝手やりおって……んんっ！　はぁ……はぁ……」

ビレナとリリィを追いかけるようにベルもやってくる。

ただベルはもう限界が近いだろうな……。

「じゃ、リントくん。私たちも……」

「あら。先に私じゃないのかしら」

「ティエラはキスしてもらってたじゃないですか……」

三人が飢えた表情で言い合う。

そしてそこに……。

「ご主人！　責任は取ってもらうからな！」

「ビレナたちがやったのに⁉」

「お主の使い魔だろう！」

完全に出来上がっているベルもやる気満々だ。
ベルの限界を心配するよりも、自分の心配をした方がいいかもしれなかった。

第三章　新しい仲間

「よしっ！　じゃあリントくん、ダンジョン攻略しよっか」

あれからひとしきり楽しんだあと、ようやくビレナが本題に戻した。

誰も来ないのをいいことにおっぱじめたがここは危険な未開拓ダンジョンのすぐそばなわけだ。

対処が求められる邪龍が眠るダンジョン。

「前回もちょっと回ったけど、本格的にか？」

「流石に本格的に動けば奴も動くだろう。ほどほどにしなければな」

ベルが言う。

攻略を始めるわけでもないのにフルメンバーをそろえていることが、邪龍に対する警戒度の高さを示している。

「一応近くに私がいれば何か起きても封印は強化できますが」

リリィの言葉にベルも納得する。

とはいえ無駄に刺激したくはないな。

邪龍の強さはとんでもないらしいし……。

「気をつけないといけないのは邪龍本体以外にいるのかしら？」

「ダンジョンの傾向を考えるなら危険度Aクラスはゴロゴロ出てくるでしょうね。基本的には大丈夫ですが、相性の問題なんかは出てくるかもしれません」

そんな話をしていた時だった。

「む？　何か出てきたぞ」

ベルの声に合わせて全員で邪龍の巣の入口である大穴に目を向ける。

「人……？」

現れたのは人影。

ここは未公開のダンジョン。人影がいても、外部から出てきた人間と考えるより……。

「中から何か生まれた……？」

「人型の魔人だとすると、少々気合を入れた方が良いぞ」

ベルが言う。

わざわざそう言うということは……。

「強いのかしら？」

「もし魔人が相手なら、ハイエルフ相手の良い練習台になるだろうな」

「そこまでなのか?!」

ハイエルフってこのメンバーでもちゃんと準備しないといけない相手だったんじゃ……。

魔人という存在自体は聞いたことがあっても、実際のところなど全く知らなかった俺にリリィが説明してくれる。

「魔人……。魔力の吹き溜まりに現れる悪魔と人が混ざり合ったような存在です。半分が悪魔と考えれば、その強さはわかるかと」

ベルに目をやりながら話す。

話しながらもリリィが翼を広げ臨戦態勢を取っているところがすでに魔人の危険性を伝えていた。

「まぁ全てが敵というわけでもないが……いや、あれは敵だな」

ベルが断定する。すぐにこの場にいた全員が同意を示し、臨戦態勢に入った。

現れた魔人は上半身こそ人型をしていたものの、そこから先に現れたのはさまざまな魔物の混成体。

いわゆるキメラになっている。

あれはもはや魔人と呼んでいいかも怪しい……。

「おそらく邪龍の放つ闇魔法の魔力に飲まれたのでしょうね」

「ふむ……まあ何人か餌になる人間が入っておっても不思議はないか。もしくは、中で人間を模した何かが生まれそうになっているかだな」

ティエラとベルが言う。

いずれにしても強いことに変わりはないな。

ある程度やり合う覚悟を持って、それぞれが得物に手をかけたその時だった。

「はぁぁあああああああああああ」

――⁉


一閃。

突如現れた謎の少女が、今まさに這い出てこようとしていた魔人のキメラを一刀両断した。

「侍だ！」

反応が早かったのはビレナだった。

「侍……？」

少女の特徴だろうか。

独特の羽織りものにスカートのようでスカートではない足元の服。

長い艶のある黒髪を後ろで一つに束ねてある。

そしてあの武器は……？

「刀を使う戦士ですね」

「刀……」

なんかかっこいいな。

「一撃であれを倒すか……」

「少なくとも私よりは強そうだな」

ベルとバロンは感心したように眺める。

注目の的となった少女がようやくこちらに振り向いた。

そこで初めて俺たちに気がついたようで、わたわたとしながらこちらに走ってきた。なんかさっきまで凛々しい感じだったのに可愛らしくなったな。

「はわわ……申し訳ございませぬ！　まさか私の他にこやつを倒さんとするような御仁がいるとは思わず……」

「いや、俺たちも倒そうとしたわけじゃないから」

好戦的なビレナなんかは狙ってたフシがあるが、それこそ目の前の少女への興味が勝っていて気にする素振りはない。

「今の、居合いってやつだよね！　すごいすごい！」

食い気味に懐に入っていくビレナ。

「あわわ……えっと、その……大したことでは……」

あからさまにビレナの扱いに困っていて笑ってしまう。

「それにしても、侍はあまり国から出てこないと思っていましたが、どうしてこんなところへ……？」

リリィが助け舟をだすように尋ねる。

わたわたしながらも侍の少女が答えてくれる。

「そうでござった。探し人をしておりまして」

「探し人？」

「なにやらこの国に、従えた魔物の力を数倍に引き上げる魔物使いがいらっしゃるとか……」

それって……。

「リントくんだね」

「ご主人さまですね」

「ご主人だな」

「リント殿だろう」

「旦那さまですね」

やっぱりそうか。

「まさか……！　お知り合いでいらっしゃるか！」

「目の前で喋ってるのが、その探し人だよ」

少女が目を見開いてこちらを見ていた。

そして次の瞬間。

「お願いでござる！　私を！　ていむしてくだされ！」

手を握って懇願されることになった。

「え……」

初めてのパターンに戸惑っていると、向こうが先に冷静になってバッと離れていった。

ジャンプで離れて、その勢いのまま正座で頭を下げてくる。

器用だな……。

「取り乱しました……」

ポニテ少女が正座をしている。

「いや別に気にしてないんだけど……テイムか」

「はい！　私はどうしても強くならねばなりませぬ！」

「えっと……一応聞くけどテイムが何かはわかってるのか？」

「はぁ……魔物を従え、従った魔物が強くなる、と」

なるほど。最低限はわかっているらしい。

とはいえリスク面をどこまで把握しているかが大事だが……。

「旦那様の心配事も多分、この子はわかった上で言っていますよ」

ティエラが言う。

それに同意するように、目の前の少女もこう言った。

「ていむされればどうなるか、なんとはなしには聞いてはおります」

「その上で、この子は自分ならなんとかなると思っているわね」

「そそそのようなことはっ！」

わかりやすい子だった。

ティエラの言う通りなんだろうな。

「にゃはは。まあ良いんじゃない？　本人がそう言うならしちゃっても」

「ふむ……ご主人の力を知って挑むのはなかなか面白い」

「そもそも強くなったとしても敵意はないでしょうし、いいのではないですか？」

まあそうなんだよな。

目の前の少女に敵意や害意は感じない。

「それはもちろんでございます！　恩ある御仁に無礼はいたしませぬ！」

「どう思う？　バロン」

「私か!?　私はまあ、そう言うなら気にせんでもいいように思う。というよりあれだ。このメンバーを前に騙し討ちなどして無事に生きて帰れるような生き物など知らん」

なるほどそれは一理ある。

フルメンバーだからな。

バロンの言葉を受けて少女もキョロキョロあたりを見渡し始める。

「む……？　まさかとは思うがここにおられる方々はみな、りんと殿が……？」

「テイムしてるな」

「左様でしたか！　であれば皆何かしら、変化《へんげ》でもしておるのでしょうか？」

「変化？　なんでだ」

「はて……ていむ、とは魔物相手にしか使えぬと聞いておったゆえ……」

なるほど……。

まあそうだよな。普通はそう……いや待て。

ならなんでこの子は自分がテイムをされることを前提に話していたんだ……？

変化ってまさか？

「申し遅れました。私は東方、火国から来たアオイと申します。わけあって今はこのような身体をしておりますが、火国の伝承通り、中身は龍でございます」

「龍⁉」

龍。

通常、龍は竜《ドラゴン》とは区別される。

竜は強力な力を持つ危険な魔物であり、ある程度の知能もあるとされる。だがそれだけと言えばそれだけ。

竜はあくまでその辺にいる魔物なのだ。

対して龍は、神話にも出る神代《かみよ》の生命であり、人間よりも高位の次元に存在すると言われる……いわば伝説の生き物だ。

上位存在で伝説になっていると言えばハイエルフもそうかもしれないが……邪龍とかハイエルフと違って目の前に現れたことに驚いた。

「龍、かぁ」

「左様。そしてここに封印された邪龍もまた、火国のものなれば……私の目的はひとえに、そのものを討ち滅ぼすことでございます」

一気に情報が流れすぎた。

つまりどういうことだ⁉

俺の表情で求めてることを読み取ったリリィが説明してくれる。

「ようはこの子は龍で、邪龍を野放しにしてはいけないような事情がある。龍として……あるいは火国として、何か特別な役割を持つ人物ということでしょう」

さすがリリィ先生。

答え合わせをする形でアオイと名乗った少女が続けた。

「火国では皇族と我々龍族の間に一つ、盟約があるのです」

「盟約……？」

「はい。皇家の一族は絶えず、龍の血を入れる。その代わり我ら龍族は一族をあげ、その子々孫々にいたるまでの繁栄を約束するものにございます」

「龍と……というかそれ、アオイたちにメリットはあるのか？」

火国の皇族としては血族の強化に加え加護までもらう。

龍のメリットはどこにあるのかと思ったが……。

「はて、そういえば……。とはいえ現時点ですでに、我々龍族は火国と共にあり続け、すでに皇族は龍族と言って差し支えもない状況。盟約の意味など考えることはありませんでした」

そういう感じか。

「あやつは一族の恥。討伐は一族の望みでございます」

なるほど。

話がつながる。

「たしかに龍相手だとどこまでコントロールできるかはわからないな」

「いや……ベルを見ればわかるだろう。リント殿なら関係ない」

「ま、そう思うよー」

「そうでしょうね」

「そうだな」

「そうね」

バロンが呆れながらそう伝えてくると、すぐさま全員が同意していた。

そして……。

「おい小娘」

ベルがアオイを指して小娘と呼んだ。

「はて。このような形ではあるが、小娘と呼ばれるほどの齢《よわい》ではございませぬが？」

「であれば私のことも少しは注意深く見よ」

「何かと思えば……」

アオイの目が赤く輝き出す。

「龍の目ですね。こうして部分的に変化できることも強い魔物の特徴ですが」

「ギルちゃんもそのうちこうなるかなあー」

どうなんだろう。さっき言った通り竜と龍は別物……といってもギルなら近しい存在進化が起きてもおかしくないな。

そんな雑談をしているとアオイがのけぞって叫んだ。

「なっ……!?　なぜこのような化け物がここに!?」

龍に化け物と呼ばれるベル。

いやまあそうか。悪魔って普通、化け物だよなあ。

「失礼なやつだな。化け物同士だろうに」

そういえばさっきはハイエルフと龍のことしか考えてなかったけど、悪魔《ベル》もだったな……。

「だが……いやまさか……悪魔すら手中に収めたというのか……!?　この御仁は」

まじまじとアオイの視線が突き刺さる。

「これを見た上で判断せよ。テイムを受ければお前の思惑通りにはことは運ばんぞ」

「具体的にはそうだ、エッチなことはされちゃうよね」

「そうですね」

ニコニコしながらビレナとリリィが乗っかる。

当たり前のように言わないでほしい。毎回やってるわけじゃ……いや、深く考えるのはやめよう。

「でも逆に言うとそれだけ、よねえ」

「そうだな……少々性的にひどい目に遭う以外心配はない」

「ちなみにこやつらは悪魔の私相手でも容赦せんからな」

ベルはアオイを挑発しているのか心配しているのかよくわからない状況だった。

「破廉恥な……」

アオイが何故か俺のことを軽蔑した目で見てきた。

俺、まだ何もしてないのに……。

「東方は一夫多妻の文化があまりないらしいですからね」

「そうか。それじゃ余計、ああなるか」

「むむ……ですが、背に腹はかえられぬ事情があるのも事実……」

「いや別にテイムしたら絶対ヤってるわけじゃないからな⁉」

一応弁明しておいた……んだが、ジトッとした目で皆に見つめられる。

特にベルと、いつの間にか肩に現れたリアミルの視線が痛い。

全部が全部じゃない……はずだ。多分……。ほら、ギルはやってない。

「私の身体で一族の名誉が守れるというのであれば……致し方なし。りんと殿、ぜひお願いいたします」

「そういうことをやるかは別にして、テイムはするよ」

「かたじけない」

正座したままのアオイが静かに目をつむって待っていた。

「ねえリントくん、この子にあっち、手伝ってもらったらどうかな？」

「あっち？」

「エルフの里」

「あー」

確かに良いかもしれない。

「アオイ。俺はアオイの力が増すように協力するし、邪龍討伐も俺たちの目的に一致してる」

「なんと！」

「だからその代わり、俺たちの仕事も一つ、手伝ってくれるか？」

「承知した」

「内容は聞かないでいいのか」

即答に驚く。

「こやつより厄介な件とは思えぬ故……」

そう言って邪龍の眠る巨大な穴を見やるが……。

「同じくらい大変だけど、いいんだな」

「えっ」

一瞬戸惑いを見せるが、すぐ覚悟を固めてこう言った。

「いや！　大丈夫でござる！　ひと想いに！　ぜひ！」

なら……。

「テイム」

「おお……これが……不思議な感覚でござるな」

条件はあっさり飲み込まれる。

協力関係を築く代わりに力を授ける……そんな契約だ。

「そして……まさかこうも早く結果が出るものとは……！」

どうやらアオイに自覚が生まれる程度には力が溢れているらしい。

実際俺から見てもオーラが少し変わっていた。元々とんでもなかっただけに劇的とまではいかない変化だが、それでも感じ取れる程度には変化がある。

いい傾向だな。

「さて、いずれにしても二つ、片付けねばならぬ問題がお有りのご様子。どちらが急ぎでござるか？」

「エルフでしょうね」

すぐにリリィが答えた。

元々そういう予定だったしな。

「わかりました。ここの封印も先ほど見たところすぐにどうこうなるものでなかった様子。あやつは数千年のうちに済ませれば良いので」

「単位がおかしい……」

普通は俺が生きてないからな？

「だとしたら必然的にエルフでしょうね。ご主人さまはこのままだと数千年も生きていられないので」

「この子に付き合うなら、寿命のことも何とかしないといけないわね」

リリィとティエラが言う。

改めて動きが決まったな。

寿命の問題がついでのように進行しているところが怖いんだが……。

「よーし！　じゃあエルフの里を焼こうー！」

細かいことを気にしないビレナが元気に叫んでいた。

その掛け声はほんとにどうかと思うんだけど……まあいいか。

◇

「ほう……ここがりんと殿の城ということでござるな」

邪龍の巣を離れ、アオイと共に一度フレーメルの家に戻ってきた。

確かにアオイの言う通り、もはやこの家は城と言ってもいいくらいバカでかいんだけどな……。

「しかもこの先の開拓中の森まで全部、リントくんのものだからね！」

「おお……流石はこれだけ強力な配下を従える御仁でござる」

アオイの捉え方はなんか新鮮だな。

逆にこれはビレナたちがいるからという話が大きいと思うんだけど。

「さてと、それじゃ作戦会議だー！」

ビレナが叫ぶ。

ミラさんとシーケスが素早く準備を整え、食堂を話し合いように整えてくれる。

「これ、ルミさんかクエルも呼んだ方がいいか」

いよいよエルフに攻め込むことになるわけだ。

これまでとは話の規模が違うし、最悪の場合死人が出てもおかしくない。

死んでも生き返るなんて話があるから感覚がおかしくなるが、ここにいるメンバーは誰か一人欠けるだけで大陸に大きな影響を及ぼすメンバーだ。

アオイという戦力が増えたことも含めて、報告はしておいた方がいいだろう。

もしかしたら冒険者登録の手間もここで省けるかもしれないしな。

「シーケス」

「もう行ったわよ。ほら、これ食べて待ってたら？」

いつもの服ではなくちゃんとしたメイド服を着たミラさんがお茶菓子をテーブルに置いてくれる。

何も言わないでも勝手に動いてくれるのは助かるな……。

「ご主人はこれだけ女がいながら独占欲が強いからな。男が来そうな時は肌を隠させる」

「私には容赦がないような……」

「恐ろしい御仁だな……」

ベルとバロンになんか言われていた。

いや、バロンは何とかするだろうという信頼もあるんだけど……まあ今はいい。

これ以上アオイに変なことを吹き込まれる前にアオイに話をするか。

「アオイにちょっと聞きたいことがあるんだけど」

「どうしたでござるか？」

すぐにこちらに興味を向けてくれる。

「ここに来た時、屋根に竜がいたのわかるか？」

「ああ！　とても素養を感じる良い個体でござった！」

おお。

アオイ《龍》に言われるとなんか誇らしいな。

「ギルって言うんだけど、うちのパーティーだとどうしても危なくてついてこられてないんだ。竜が強くなる方法とかってあるのか？」

「むむ……待ってくだされ。あそこまでの個体でついていけないのですか？」

「この前はゴラ山脈って雪山に行って、途中で引き返してもらったな」

「なんと……。ゴラ山脈は存じておりますが、あの子であれば特段問題はないかと」

「え？」

このあたりの判断はビレナたちに任せきりだったが、ビレナがそこら辺の基準を間違えるとは思えない。

「ふぅむ……。過保護になりすぎている……いや、それだけでは説明がつかないでござるな……」

アオイがブツブツ考え込んでいるのでリリィに助けを求める。

「もちろんゴラ山脈に入るだけなら大丈夫ですが、そのまま戦闘に巻き込まれた場合は……というくらいでしょうか」

この認識は俺も一致している。

だけどアオイの悩みようを見るに、もっと何か別のところに問題がありそうだ。

「もしかして……ギルちゃん、力を私たちに隠してます？」

「え……？」

「隠してるというより……なんとなくわかりました」

リリィが一人で納得した表情になる。

「待った。一人で納得してないで説明して欲しい」

「ふふ。それはアオイちゃんからでいいんじゃないかしら」

アオイを見ると……。

「む……。直接見ていない以上確実ではないものの……りんと殿らが規格外すぎて縮こまっているだけでは？　加えてそこを過剰に、赤子のように大事にしていたりするのではないかと」

「あれ？　それって……」

「自信がなくて本来の力を見せていないということでしょうね」

「ふふ。まるで旦那様ね」

ティエラに言われる前にそう思った自分がいた。

「じゃあ意識を変えるだけで強くなるのか」

「ご主人さまみたいに頑固じゃないといいんですが」

リリィに笑われる。

なんかこう……ギルを通して自分のことを考えると複雑な気持ちになる。

「それについてはあとで話すか……」

ちょうどよくクエルとルミさんが二人ともやってきたらしく一旦中断となった。

あとはこれからの行動を整理していくだけだ。

「やあやあ。いやぁこんな立派な会議室があるのなら今後もこちらに呼んでほしいものだねぇ」

クエルがやって来てそう言う。

「随分前からですが、ギルドより立派な建物ですしねぇ……ここ」

「これから開拓も進むならいっそ、ギルドの移転も考えてもいいかもしれないねぇ」

まあ確かに神国との森を開拓していってそちらに色々できるなら、ありかもしれないな。

「さて、じゃあ話を聞こうか……と思ったけれど、まぁたとんでもない子が増えているねぇ」

クエルがアオイを見て言う。

「わかるか」

「とんでもないことだけはわかるさ。とはいえ私から見てとんでもない、ということまでしかまだわからないけれどねぇ」

「にゃはは。龍だよ、アオイは」

ビレナがあっさり言う。

それがただの竜と違うことはすぐにクエルに伝わった。

「……ああ、もはや驚きよりも納得が早く来てしまったねぇ」

「大分毒されてきたの」

ベルに心配されていた。

「これからのことを考えれば、この大型戦力が加入したことは喜ばしいですからね」

「ええと……皆さんはエルフの森と邪龍の巣の問題を解決されるんですよね……？」

「そだよー！　先にエルフになったけどね！」

「旦那様の寿命を延ばすところから、ね」

「どんどん人間離れしていくねぇ……リントくん」

親のような目をしていたと思ったのに、リリィやティエラの話を聞いて遠い目になっていた。

気持ちはわかる……。

「えっと……とりあえずクエルに来てもらったのはアオイの紹介と、冒険者登録のお願いだけど、いけそうか？」

「もちろんだぁよ。こちらとしても登録くらいしておかないと落ち着かないものだ。よろしく頼むよぉ、アオイくん」

「かたじけない。よろしく頼むでござる」

ひとまずこちらは大丈夫、と。

「で、呼び出したということはもう行くんだねぇ？」

「ああ」

それだけで意図は伝わる。

もしもの場合を頼むという話だ。

「やれやれ……。片田舎のギルドマスター程度には荷が重いから、早く無事に帰って来てほしいねぇ」

「大丈夫ですよ。ご主人さまは何度死んでも無事に連れて帰ってきますから」

「聖女様がそう言うなら安心だねぇ？」

クエルが笑うが何度か死んでることには突っ込んでくれそうになかった。

「ちょっとギルをアオイに見てもらったりして、数日中には出るから」

「わかっているよ。君たちがジッとしてられるのなんて一日やそこらだろう？」

何も言い返せなかった。

「というわけでルミさんにはまた色々任せちゃうんだけど」

「大丈夫です。そう言われると思ったのでこちらにリントさんに確認してもらいたい内容をまとめておいたので」

にっこり笑って書類の束を取り出すルミさん。

え……まとめてそれなの……？

「逃がしませんからね？　今日は？」

ニコニコしながらも圧が強いルミさん。

どうやら逃げられそうにないな……。

◇

「終わった……」

ルミさんがまとめてくれていた書類に一通り目を通してハンコを押すだけの作業なんだが……量がえげつなすぎる。

いやまぁ、あの量をまとめてくれたルミさんの方が大変なのはわかるし、ずっと横にいて俺の三倍以上のスピードで書類を捌くルミさんを見ていたらサボるわけにもいかなかったけど……。

「疲れた……」

癒しが欲しい。

幸いパーティーメンバーも、ミラさんもシーケスもどこかにはいるはず。

ルミさんに甘えようとしたがまだ仕事があるとギルドに戻ってしまったからちょっと欲求不満なところもあった。

「もうみんな寝室にいると思うけど……」

そう言いながら寝室の扉を開けたが……。

「あれ？」

「にゃはは。待ってたよリントくん」

そこにいたのはビレナとリリィだけだった。

「あれ？　他のみんなは？」

「それぞれやることがあるようでしたね」

そういえば書類仕事に追われているのは俺だけではなかった。

バロンも神国に関連する話があり、その補佐にベルが。

ティエラも敵対していないエルフたちのための動きはある程度把握しておく必要がある。

アオイは……。

「そういえばギルもいないな」

「アオイが連れて行ってたよ」

ギルの成長を促せないか相談していたから、早速動いてくれているというわけだ。

「リントくん。まだアオイとはできてないもんねぇ？」

「いや……」

「ふふ。今日は私たちで我慢してくださいね？」

リリィはもう服を脱いでおっぱいを見せつけてくる。

ビレナも誘うようにベッドに四つん這いになり、お尻だけ高く上げてこちらを見ていた。

こんなの見せられたら他のことを考える余裕はなくなる。

引き寄せられるようにベッドに歩いていくと……。

「ちょっと溜まっちゃってるから、覚悟してね？」

ビレナがいつの間にか俺に抱き着いてきてベッドに転がされた。

かとおもったらもうリリィが覆いかぶさって来て……。

「どんどん人が増えるのは喜ばしいことですが……そのせいでどうしても時間が減っていますからね」

「そうそう。まあみんながいるのもいいけど……ね？」

なるほど。二人なりに我慢してくれていたらしい。

他の面々も、もしかしたら気を使ったかもしれない。

後は二人の本気度が見えてついていけないと避難した可能性もなしではないが……。

それはそうと、二人がそう言うならこっちもやる気を出そう。

「俺もちょっと、いつもより激しいかも」

「いいねいいね——んっ⁉　いきなり⁉」

ビレナの股間をまさぐって、濡れているのを確認してすぐ指を入れる。

同時に……。

「あっ！　ご主人……さま……んんんっ！」

覆いかぶさっていたリリィの胸を掴んで、強引に乳首を口に入れて甘噛みした。

「んっ！　ああっ！」

リリィは感じやすいし乳首も弱い。

ちょっと乱暴なくらいが効くのもわかっているから、片手で右乳首をいじって、そのまま左側の胸は舌で攻めていく。

ビレナももう準備は出来ているくらいには濡れていたし、指も三本にして膣内を攻めていく。

「あっ……そこ……んんっ！」

今さらどこが気持ちいいかなんて確認するまでもない。

挿れて攻める時とはまた違う場所を攻められるし、意外とビレナはこれでも挿れられてる時並みに感じてくれる。

その証拠に……。

「あっ！　待って！　んっ！　イっちゃう……あぁあああああああ！」

「あらあら。じゃあ今日は私からですね……んっ！」

ビレナがイった隙を突く形でリリィが改めて騎乗位で俺のモノを挿れてくる。

「んっ！　はぁ……んんんっ！」

挿れただけで軽くイったようだが、リリィはそのまま腰を動かし始める。

「あっ！　あぁあっ！」

「む……ちょっと気を抜いたら……」

復活したビレナが参戦して……。

「リリィにはなるべく早くダウンしてもらってリントくん返してもらおうかな」

「ふっ……ううっ……あっ！　そう簡単には……ひゃあっ！」

「にゃはは。こっちも弱いもんね？」

ビレナがリリィのお尻に指を入れた瞬間、リリィの膣内が一気に収縮する。

多分イったんだろうけど刺激が強すぎたからかむしろスイッチが入ったように動きの激しさが増した。

「くっ……これは……」

「ふふ。いいんですよ？　私の膣内《なか》で果ててもらって」

「そんな余裕ないくせに！」

「んっ！　あぁぁああ！　がっ……く……ふぅ……はぁ……あとで覚悟してくださいね？　ビレナ——じんじんんんんんんんっ！」

乳首を吸われながらお尻も指でいじられ続けているリリィに余裕はないが、その余裕のない動きのせいでこちらも……。

「イく……！」

「はい。一緒に……んっ！　ああぁあああああああ！」

膣内で盛大に果てたのだが……。

「あっ！　そんな……待って！　んっ！　ああぁっ！」

「ふふ。もう反撃できないくらいイかせちゃってもいいでしょ？」

「いや……今のは結構激しかったから刺激が……あっ！　んんんんっ！　あっ！　んがあぁっ！」

リリィの喘ぎ声がどんどん激しく、聞いたことのないようなものになっていく。

というかこれ……。

「ビレナ、悪いんだけど俺もリリィのお尻、攻めたいかも」

「しょうがないにゃあ」

「ひゃっ！」

渋々感のある台詞と裏腹に、ニヤッと笑いながらビレナがリリィから離れる。

すぐリリィをベッドに転がして、四つん這いにして……。

「んんんんんっ！　おぉあ！　あっ！　そんな……おぉあぁぁあああああああ」

いきなりお尻に挿れた。

「んほっ……あぁっ！　んんんんんん！」

表情を保つのも難しくなったリリィがすごい声を出す。

「リントくん。リリィお尻叩いたらもっとすごくなるよ」

「待っ！　がっ！　あぁあああああ！　んんんんんんんん！」

すでにすごいことになっているのにどうなるのかという好奇心が、必死にこちらを制止しようとするリリィの懇願を無視して……。

――パァアアアアアアン

「んおぉおおおおおおっ」

試しに軽く叩いたら思いのほか効果覿面《てきめん》だった。

ビクンと身体が跳ねて何度もイっているんだろうことがわかる。

「むり……はぁ……はぁ……」

あまりに激しくイったので一度落ち着く。

リリィがベッドに倒れ込むように力を抜いて行ったところで、ビレナと目を合わせる。

二人でニヤッと笑い合った後。

――パァアアアアアアアアアン

「はうぁっ⁉　んんんんぉおおおおおおおお……じぬ……しんじゃうぐがぁあああああ」

さっきより力を入れてお尻を叩くと同時に、油断しているところでもう一度腰を動かしたら、今までで一番激しく感じて……。

「はぁ……あっ……ん……」

そのままベッドに倒れ込んでビクビク痙攣するだけになった。

「にゃはは。じゃ、私の番」

リリィの悲惨な姿を尻目に、ビレナが待ちきれないとばかりに俺のモノを自分であてがって……。

「んんんんっ！」

「ビレナはお尻じゃなくていいのか？」

「にゃはは……あっちは私も大変なことになっちゃんんんんっ⁉」

座ったまま挿れたおかげでお尻に手が届いたので、そのまま指を入れてみた。

なんだかんだ言ってビレナもこっち、嫌いじゃないんだろう。

「んっ！　ああっ！　あっ！」

なんとか動きを激しくして対抗しようとしてくるが、お尻に挿れた指と膣内に入ったモノを動かすだけで動きがコントロールできてしまう。

「んっ！　待って……これ……このままだと……」

「イっちゃう？」

「すごいの……すごいのきちゃうんんんんんんんん！」

ビレナがきつく抱き着いてきて身体をビクビクさせる。

その間も攻める手は休めない。

「ああっ！　んっ！　待って……息が……あああっ！　あっ！　んんんんんんんんっ！」

イってる最中も絶え間なく攻めて……。

「んっ！　ああっ！　んんんんっ！」

「俺もイく……！」

「うんっ……もう無理……だから……ああっ！　あああぁあああああ！」

ビレナが力強く抱きしめて来て、ギリギリなんとか身体を動かして一緒に果てる。

「はぁ……はぁ……」

「んっ……はぁ……リントくん……強くなったねぇ」

どちらの意味かわからない意味深な言葉を残して、リリィの隣でビレナも眠りについたのだった。

第四章　エルフの森を焼こう

パチパチ……。

「うわぁ……ほんとにやったんだな……」

結局あのあと二日ほど領地で過ごして、俺たちは改めてエルフの森へ向かったのだが……。

「にゃははは！」

ビレナは本当に楽しそうだった。

過去見たことないレベルでいい笑顔だ。

「思ったより住み分けが進んでたわね。もうハイエルフになった長老組に従うか、抵抗勢力として残るかになってたみたい」

ティエラが淡々と告げる。

今まさに自分の里が焼かれているんだが……というか自ら焼いているんだがこの調子だ。

ここはエルフの最重要拠点。

不可侵領域とされてきた聖域だ。

それを燃やしているわけだが、このあたり、ティエラと長老の間に大きな食い違いがあったようだ。

話を聞いたそれぞれの感想はこうだ。

「長老たちはアホなのか？」

「聖域は長い年月を経て溜まった魔力場、か。それを吸い取ってハイエルフになったらまぁ、その土地に価値がなくなるのは当然だな」

ベルとバロンが言う通り、ハイエルフになった長老組は致命的な間違いを犯していたのだ。

聖域は神聖だから聖域なのではない。魔力場だから聖域だったと。

もはやハイエルフとして土地の力を吸い取ればそこはただの森だ。

もちろんそれでも本来は森とエルフは結びつきは強いんだが、ティエラだけでなくほとんどのエルフがこの森を離れるくらいの状況。

それを作り出したのが長老たちというわけだ。

「長老たちにとっては離れがたい土地なんでしょうね。というより、罪悪感かしら」

「罪悪感？」

「ええ。本来森とエルフはお互いに支え合う存在。だというのに、こうなるまで一方的に力を奪ってしまったことには多少、負い目があると思うわ」

ティエラが言う。

なるほど。そういう要素もあるか。

「とはいえもはや、場所自体に価値があるように妄信している節もあるけど」

後戻りできない感情もあったんだろうな。

パチパチ。

火は勢いを増している。

エルフは本来森の魔力場から力を引き出すことで魔法を使う。

自然のエネルギーを魔力に変えるわけだ。当然人一人の持つ力より遥かに大きくなる。

力を失った森でも、あるのとないのとでは大きく違う。

だからこうして焼いた。

まあただ、魔力場頼みというわけではなく、強大な自然の魔力をコントロールしなきゃいけないエルフも当然、相応の力を持つことになるわけだ。

つまり……。

「森の魔力はこの山火事で完全に絶てるにしても、長老たちは強いわよ」

「何人いるんだっけ」

「八人」

ビレナ、リリィ、バロン、ベル、ティエラ、アオイ、俺……。

「一人足りない、か？」

「最長老はおそらくその場を動かないから、七人を倒せば最長老に集中できるはず」

「動かない……？」

「正確に言えば動けない、ね」

ティエラの説明を補足するように、森の様子を見て来てくれたリアミルが戻って来て言う。

「最長老はやっぱり神木と一体化したままよ。森がなくってもあれなら……」

「リアミル。あんな火の中入ってきて本当に大丈夫だったのか？」

「私は精霊よ？　で、あの火も精霊なんだから大丈夫に決まってるじゃない。……ま、

「心配してくれたのは悪い気はしないけど？」

呆れるようにまくし立てたかと思うと、目を背けて照れ隠ししながら感謝もしてくる。

相変わらず忙しくて可愛いやつだった。

「じゃあここで待ってて出てくるのは七人なんだねー！」

「むしろそこまでが前哨戦のようなものなのか……」

バロンが嘆く。

「あれ？　神木と一体化してたら、動けないし倒すのは簡単じゃないのか？」

最長老を守るための七人と戦うような話かと思っていたんだが……。

「聖域の中心。神木と一体化することでこの周囲すべての魔力を操ることができるようになっていますからね。元々森にあった魔力に加え、森が焼き尽くされたとしても周囲の魔力を自由に使えます」

「え……」

リリィの説明だと本当にとんでもない相手だ……。

森を焼いてる意味ってどこまであるんだろうか……。いや当然意味はあるんだろうけど、ビレナたちなら意味がなくてもやりそうなだけに謎の不安に襲われる。

「とはいえあちらから攻めることはなかろう。もはや自我も感情もないただのシステムとなっておる。破壊しようとすれば抵抗するだろうがな」

抵抗の度合いによるってことだな……。

一旦はでも、他の七人というわけだ。

「今回は個人戦ではなく、パーティー戦にしたほうがいいでしょうね」

「ハイエルフは一人一人がリミッターを解放したベルちゃんと同等……森の加護を奪ったとはいえ、油断はできませんね」

「魔王を七人相手にするのと同じってことか……」

「ご主人、私は歴代魔王より強いぞ？」

「勘弁してくれ……」

とりあえずベルのリミッターはすでに解除されている。

場所が場所だ。ここならもう、多少地図の形が変わってても目をつむってもらおう。

今回は魔王級のベルの力と、神話級のアオイの力が主戦力だ。

「ふふ。りんと殿にていむしてもらい、力が漲《みなぎ》っておりますからな！」

アオイの加入がなければもう少し準備に時間が掛かったかもしれない。

「にゃはは。魔王クラスを殴れるなんて……！」

「これまでの鬱憤を晴らさせてもらえそうね」

ある意味ビレナとティエラは魔王より怖い。

「どれだけ怪我しても死んでも大丈夫ですからね。一瞬で治しますので」

そして最も怖いのはこのリリィかもしれなかった。

バロンと顔を見合わせる。

「頼れる仲間でよかったな」

「全くだな……」

パーティー戦で最も過酷な役目を背負うのはバロンだ。

メンバーの中では一番力は劣る状況ではあるが、重戦士であるバロンの適性は前衛。

前線でなるべく敵を引き付けることで、後ろの大火力の準備時間を作るわけだ。

「もしもの時のことを書き記してたものはリント殿の家に置いてきてある」

遺書まで用意されていた。

そんなバロンにリリィが魔力を溜めながら言う。

「大丈夫ですよ。バロンには最大級のバフをかけますから」

言い終わったかと思うとすぐに詠唱に入る。

リリィが唱えるたびにバロンの周りを魔力波が駆け巡り……。

「これ、どんな魔法なんだ……」

「リリィがわざわざ詠唱するなんてめずらしいもんねー」

「……これほどの魔法……初めて見たでござる」

リリィの魔法を初めて見たアオイは若干引いていた。

「ふぅ……。永続回復魔法。身代わり魔法。防御力上昇。基礎的なものばかりですが、今回は必要でしょうから」

「永続回復って……しかも防御力だって俺から見てもすごいことになってるのがわかるぞ……」

「それにこれは……おそらく三回くらいなら死んでも問題ない身代わり分の魔力を感じる」

どれをとってもとんでもない魔法だった。

そして今回は、それだけでは終わらない。

「ふむ……では私からも」

ブワッとアオイの周囲に巨大な何かの魔力が渦巻いたのが見えた。

次の瞬間には全員の元にその力が届く。

「これは……『龍王の加護』ですか」

「左様。短い時間ではござるが、それなりの効果はあるかと」

それなりどころの騒ぎではない。

ちなみに今日はギルも参戦している。龍王の加護を受けて一番劇的な変化を見せたのがギルだった。

「つの……？」

「グルァアアアアアアアアアアアアアアアア」

頼もしい声が響き渡る。

そもそもこの森を焼く炎自体がギルによるものだ。

今日は多少地形が変わろうとも問題ないというか、最初から森を地図から消しに来ている。

とはいえ他のメンバーの魔法では強力すぎるので、ギルのブレスがちょうどよかったわけだ。

「強くなったねー！　ギルちゃん！」

「グルルルル」

ビレナに撫でられてご機嫌なところを見るといつも通りなんだが、ツノが大きくなっている。

その姿はもう、その辺の竜種とはまるで違う荘厳さを兼ね備えるものになっていた。

「すごいな……」

「この子はもっともっと強くなるでござるよ。とても良い子ですからな」

アオイがギルを優しく撫でる。

ブレスの威力がちょうどよくなったとはいえ、ギルがここにいられるのはアオイのおかげだ。

ここに来るまでの間、ギルの面倒を少し見てもらっていた。

ほとんど一日しかなかったのに何をしたのか不思議なくらいだ。俺は書類に追われてたせいでわからないけど、ギルが自信に満ち溢れた表情でこちらを見て、そしてアオイにすり寄っていく。

「グルルゥ」

「随分懐いたな。龍と竜じゃ別の生き物かと思ってたけど、そのあたりってどうなんだ……？」

「この子が特別良い子でござる。とはいえやはり、龍も竜も似たようなもの。人間からすれば獣人やエルフとの差異程度かと」

「ああ、なるほど」

ビレナを見る……とまあ差異が大きいが、一般的な獣人を思えば理解できる。

要は亜人として同じ仲間だが、種としては異なるってことか。

エルフはもっとわかりやすいかもしれない。容姿、魔力、寿命……人間が求めるものの多くで上回る部分がある。竜から見た龍はそんな感じだろうか。

そんなやり取りをしていると……。

「そろそろか」

ベルが燃え盛る森を見て呟いた。

「そうね」

ティエラが同意する。

すでに全員臨戦態勢。あとは迎え撃つため各々配置につくだけだ。

前衛がバロン。

その補佐として動くのが俺とティエラ。

遊撃にビレナ、ベル、アオイ。

後衛がリリィ。

一番前がバロンで、一番後ろがリリィということ以外は流動的だ。

戦いが始まればどうしても相手に合わせないといけないからな。

「来ます」

リリィが言った瞬間。

――キュィィィイイイイイイイイイ

「なんだこれ?!」

燃え盛る森の奥で変な音が鳴って、光が溢れてくる。

そして……。

――ズドン

突然発生した謎の音を中心に、鈍い音を立てて燃え盛る森全体を何かのエネルギーが覆い潰すように降ってきた。

「まじか……」

衝撃が収まって森を見ると、一瞬にして大火は鎮圧されていた。

燃やされた聖域にも魔力はまだ残っていたようで、その残留魔力がキラキラと輝きを放っている。

「最長老が動いたのね」

「あのまま火に焼かれるくらいなら炎ごと叩き潰そうってことか」

「……必要になればあの魔法はいつでもまた来るということか」

緊張が高まる。

そして……。

「お出ましのようですな」

現れたのは人型の光だった。

人型とは言ったが不定形の不気味な存在であり、手の数や身体の作りは一体ずつ異なっている。

「あれがハイエルフ……」

カゲロウと初めて対峙した時を思い出す。

精霊体だ。強さのレベルが実体とは大きく異なる。生命としての格が一つ上がる、なんて言われるからな。角が生えたり羽が生えるような、そんな変化だ。

今回の力の差ももしかすると、あの時の俺とカゲロウくらいあるかもしれない。

「キュクゥ」

「ありがとう、大丈夫」

すでに憑依を済ませているカゲロウが首だけを肩に出してきて大丈夫だと声をかけてくれる。

むしろ心配なのは……。

「ハイエルフ……油断すると私、持っていかれるわ」

リアミルが珍しく弱気にそんなことを言う。

「そうさせないためのテイマーだから」

「……信じてるわよ」

リアミルは精霊。

契約しているとはいえ精霊を使役することに長けるエルフ、その上位存在であるハイエルフに対しては苦手意識があるらしい。

「きゅっ！」

「キュルケもよろしくな」

「きゅ！」

これだけ頼もしい相棒がいるんだ。

今回はギルも一緒に戦える。

リアミル一人くらい、俺が守るつもりで戦おう。

それにこちらも、ハイエルフに負けていない錚々《そうそう》たるメンバーなんだ。

「ふむ……まずはこちらも挨拶といこうかの」

ベルが頭上に極大の闇魔法を展開させた。

「地獄の業火も、かき消せるかな？」

森全体を覆い潰すほどの禍々しい黒い巨大な炎が、鎮火されたばかりの森と、そこから姿を現したハイエルフたちに降り注いだ。

対抗するように再び白い光が放たれるが、押しつぶすようにベルの放った炎が森に迫っていく。

「すごいな……」

ベルの魔法に見惚れていると、突然身体が何者かに引っ張られた。

「油断するでないご主人」

「え？」

ヒュンと、先ほどまで俺の頭があったところを何かの光が通り過ぎていく。

その光がそのまま上空に吸い込まれていった後……。

——ズドン

空中で爆発した。

「うわ……」

ベルが引っ張ってくれなければ死んでいたかもしれない。

ベルの魔法を受けて反撃までしてくるなんて……。

キュルケがしっかりしろと言うように俺の胸を軽くこづく。

切り替えないとな。

「よーし！　行こう！」

俺より先にビレナが走り出す。

次の瞬間には一体のハイエルフの元にたどり着いており、勢いそのままに殴り飛ばす。

だがハイエルフはビレナの一撃で吹き飛ばされることなくその場にとどまり、反撃に移った。

「ビレナのスピードと体力であれか……」

改めてハイエルフの強さを認識させられる。

前衛を任せられたバロンの元には、すでに三体のハイエルフが迫っていた。

「一体は引き受けるわね」

そう言うとティエラが魔法陣を展開する。

バロンの元へ向かっていた一体がティエラの魔法で出現した木々に絡め取られるように上空に吹き飛ばされる。すかさずそこへティエラの魔法弓が飛んだ。

一本一本がAランククラスの魔物を一撃で仕留められるほどの威力。

だが。

――カキン

あっさりと受け流される。

流石にこれで何とかなる相手じゃないか。

それでも一体は確実にバロンから離すことに成功したのでティエラはそちらの対応に向かった。

「よし、俺らも行くぞ！」

「きゅっ！」

ティエラとの特訓でやった通り、カゲロウとリアミルによって精霊憑依の強度をあげて対応している。

リリィが後ろから永続ヒールをかけてくれているおかげでいつもより無茶ができる。普通にやればカゲロウとここまで深くつながり続けたらすぐに身体がもたなくなるが、今日は大丈夫だ。

「いくぞ！」

「キュクゥウウウウウ」

カゲロウと、そしてまだ少し委縮しているリアミルと呼吸を合わせて飛び込んでいく。

飛び込んだ勢いのままバロンに迫る一体を上から叩きつける。

手応えあり。だがすぐに光の塊から手のようなものがこちらに伸びて来る。

「きゅきゅっ！」

キュルケの剣で弾き飛ばして体勢を整え、そのままバロンに迫るもう一体を相手しようとする。だがバロンに目で制された。

「一体で十分だ。私も何も準備をしていないというわけではないからな！」

そう言うとバロンの身体が闇に包まれる。

なんだあれ⁉

「おお。ようやく会得したか」

「あれは？」

反応があったベルに尋ねる。

「悪魔憑きとでも言えばよいかの。我々の世界の魔力をその身に宿す力だ。魔物に角が生えるようなものと考えれば良い」

「それ……単純に戦闘力が二倍以上になるってことだよな……」

バロンの元の力を考えればとんでもない話だ。

もちろんこれも、リリィの回復ありきであることは見て取れるんだが、それでも……。

「油断するなよ。ご主人」

「ああ」

ベルが再び離れていく。

俺が相手をしていたハイエルフはキュルケが睨みつけているおかげで一時的に距離が取れている状況。

今のところ、俺の攻撃ではほとんどダメージが与えられない。ビレナやティエラの攻撃でも吹き飛びすらしないのだ。

「ビレナの攻撃で倒れない相手なんて考えたこともなかった」

そうなるとやっぱり、火力として頼れるのはベルとアオイの二人ということになる。

その一方であるアオイが動いた。

「龍技……砕波！」

アオイの刀が抜かれたと同時、ハイエルフ二体に向けてなにかの魔法のようなものが飛んでいく。

ハイエルフの片方は避けたが、片方は真っ二つになっていた。

「すごい……」

「とどめを刺さんとな」

身体が半分になった程度では止まらないのがハイエルフ。

分かたれた光が再び結合しようと近づいたところに、すかさずベルが接近して闇魔法を展開した。

「闇の中で眠れ！」

ベルの展開した黒い渦に、真っ二つになったハイエルフが飲み込まれていく。

暴れる光の塊を闇が飲み込んでいき、ついに一体、完全にそちらに引き込むことに成功した。

「後六体！」

ようやくこちらと数が揃った形になった。

「きゅっ！」

相変わらず睨み合いを続けるキュルケがまだ大丈夫だと合図を送ってくれる。

その隙に現状を確認しよう。

相手のハイエルフは六体。

一体はビレナと神速の殴り合いを繰り広げている。

ただ見ていると徐々にハイエルフの放つ光が弾き飛ばされるように減少している。

ビレナが倒すのは時間の問題だろう。

ティエラも戦闘前からの宣言通り、一体を圧倒している。

いわく、「長老でも一人や二人ならなんとでもなるのだけど……数が面倒よね」とのことだった。

魔法弓がもはや弾幕のような規模になっているし、それを放ち続けるティエラの笑顔が怖い。

私怨が多分に込められているようだった。

あとはアオイの攻撃を躱してから距離を取っている一体。

キュルケと睨み合いになっているのが一体。

バロンが二体を引き受ける形になっていて焦ったが、ベルが近くに来てこう言う。

「あやつはあれで問題ない。が、決め手がないな。あの二体、ご主人がやれるか？」

「え？」

「私とアオイで目の前にいるあれを含めて二体は引き受ける。ご主人がバロンの元へ向かった二体の始末をつけよ。バロンが防御を引き受けている間に、ご主人の力を全て攻撃に回せばいけるであろう」

「いける……のか？」

キュルケと睨み合っているハイエルフをベルが睨みつける。

防御はバロンが行っているなら、確かにカゲロウとリアミルの力を百パーセント攻撃に回せる。

俺が迷っていると……。

「よし！　切り替えたわ！」

「リアミル……？」

「大丈夫よ！　アンタならやれる。やってもらわなきゃ困る！　私は精霊……ハイエルフともなれば無理やり従わされるかもしれない……そう思っていたけど、アンタを信じてれば大丈夫でしょ？　だからアンタも、私を信じなさい！」

リアミルの言葉は勢いだけで論理的ではない部分もあるが、その想いは強く強く伝わってくる。

テイマーなら従魔の思いに答えないわけにいかない。

やるしかないな。

「なぁに、もしなにかあればすぐ助けに行く」

「心強いな……」

それだけ言うとベルはアオイに何か合図を出して、キュルケと睨み合っていたハイエルフを引き付けに行く。

入れ替わるようにキュルケが俺の傍にやってくる。

ギルも俺の元にやって来る。

精霊憑依しているカゲロウと、そしてリアミルを連れて、バロンの元にいるハイエルフたちを見据えた。

「行くぞ」

「キュクウウウウウウウ！」

「きゅっ！」

「グウゥアアアアアアアアアアア！」

「ええ！」

頼もしい相棒たちとバロンと戦闘しているハイエルフたちの元へ飛び込んでいく。

まずは……。

「ぶちかませ！　ギル!!!」

「グルゥアアアアアアアアアアアアアアアアア!!!」

力を増したギルによる極大のブレス。

威力も範囲もとてつもないものだ。

もちろんバロンには事前に合図を出している。

「助かる！」

「他は何とかなりそうだ。この二体は俺たちでやろう！」

「そうか……よし！」

バロンとの共闘。

考えてみればあまりない組み合わせだった。しかも俺たち二人は、一人でハイエルフを相手にしたら死ぬかもしれないと言われていたのだ。

その二人で、一人一体を相手取る計算。

少し前なら任せてもらえなかっただろうし、任されたとしても本当に死んでいたと思う。

ブレスの炎が落ち着き、視界が開けてくる。当然ながらこの程度でどうこうなる相手ではない。ブレスを受けてもハイエルフたちは元の姿のままだ。

「バロンとキュルケが防御を！　俺とカゲロウとリアミルで攻撃する！　ギルは上空から支援を頼む！」

「よし！」

「キュクウウウ！」

「きゅきゅ！」

「グルゥアアアアア！」

それぞれ応えて配置につく。

まずバロンが一体の動きを止めるべく斧を叩きつける。

ハイエルフはどうにも動きをこちらに合わせる傾向があるな……。

ビレナと殴り合えるなら俺たちにもスピード勝負を仕掛ければと思ったが、そうはしてこない。

バロンが斧で攻撃すれば、対抗するように大振りの攻撃を展開しようとするのだ。

「きゅきゅー！」

キュルケも飛び出していき、バロンが狙ったのとは別のハイエルフへと向かっていく。

その間にギルは空高く舞い上がり、森全体を牽制するように口に炎を蓄えて待機した。

「行くわよ！」

「ああ、行こう、リアミル。カゲロウ」

「キュクゥウウウウウウウ！」

防御は捨てる。

これだけ頼れる仲間がいるんだ。防御なんて任せてしまう。

今回リリィを攻撃に加えていないのはそのためでもあるんだ。

危険度Sランクの災厄級モンスター、炎帝狼。

分身体でSランク級の活躍を見せていた上位精霊リアミル。

その力、存分に発揮してもらうとしよう。

「私はアンタたちに完璧に合わせてあげるから、好きにするといいわ」

リアミルが頼もしい声をかけてくれる。

その言葉を信じて、カゲロウの力を全て魔法剣に集中させていく。

今にも爆発しそうなほど密度を上げていく。普段なら限界だろう。

だが……。

「まだいけるよな？　カゲロウ」

「キュクゥウウ」

魔法剣も流石の耐久力を見せる。

この程度じゃ全くビクともしないどころか、足りないと訴えかけてくるように俺たちの魔力を効率よく吸収していく。

炎の色が赤から青白く変化する。

バチバチと魔力波がほとばしり始めたところで、バロンが押さえこんでいたハイエルフに狙いを定めた。

「炎槍！」

「キュクゥウウウウウ！」

カゲロウの持つ膨大な魔力が、魔法剣を介してより鋭く、効率よく射出される。

だがそれでも……。

「だめか⁉」

バロンと鍔迫り合いを起こしていたハイエルフへ直撃させたが、腕を吹き飛ばしただけですぐに再生されてしまった。

流石に強い。

これを一刀両断したアオイがやっぱりとんでもなかったんだな。

どうするかと考えこもうとしたがバロンから声が飛んでくる。

「リント殿！　今の調子でどんどんいこう！　効いてるぞ！」

「ほんとか⁉」

間近で事を構えているバロンが言うならそうなんだろう。

「行くぞカゲロウ。気合を入れろ」

「キュクゥウウウウウウウ！」

カゲロウの力をもう一度魔法剣に集中させながら確認していく。

こうして溜め始めても、ハイエルフ二体はバロンとキュルケが互いに抑え込むためこちらに来られない。

その間に考える。

一撃では腕だけだと言うなら、連発できれば……？

「リアミル。ちょっと無茶するけど、いいか？」

「当たり前でしょ！　さっきのじゃ私がいなくても変わらないくらいよ！」

リアミルの言葉を受けて改めてカゲロウと連携していく。

扱う魔力量はさっきの五倍。

当然溜めに時間はかかるし、コントロールに苦戦する。

だが時間はバロンとキュルケが作ってくれる上……。

「へぇ。ほんとにちゃんと、無茶してくれるじゃない！」

コントロールはリアミルが手伝ってくれる。

おかげできっちりさっきの五倍分、カゲロウの炎を魔法剣に封じ込めることができた。

「いくぞ！　炎槍！」

「キュクゥウウウウウウウウ！」

射出する炎の槍は五本。

流石に分が悪いとみたハイエルフが回避に動こうとしたが、バロンがそれを許さなかった。

「闇魔法、影縫」

「かっこいいなそれ……！」

「アオイ殿に教えてもらってな！　あの国の闇魔法は面白いぞ」

いつの間に……。

本当にあっという間にみんな強くなる。

置いていかれないようにしないといけないな。

「やったぞ！」

「おお……！」

五本の炎槍が直撃したハイエルフは再生を何度か試みたが、形をなすことができずに溶けるように消えていった。

「後一体！」

「きゅきゅー！」

キュルケは相手の攻撃を弾く形でずっとこちらに近づかせないようにしてくれていたが、こちらの形勢が整ったのを見て戻ってくる。

バロン、キュルケが前に構え、俺がいつでも攻撃できるように準備する。

上空ではギルがいつでもブレスを放てるように準備を整えた盤石の布陣だ。

「心強いな。負ける気がしないぞ！」

バロンがそう言いながら斧を構えてハイエルフの元へ駆け出す。

斧をハイエルフに向け一直線に振り下ろしたところで、異変が起きた。

「なっ⁉」

バロンの一撃は、止められることも、受け流されることもなく、あっさりとハイエルフの体を真っ二つにしている。

いや、そんな簡単な相手ではなかった。ということはあれはフェイクだ。

バロンはあまりの手応えのなさに拍子抜けした形になる。斧は明らかに振り切られすぎており、回避体勢は取れない。

バロンが斬ったはずのハイエルフの光の塊は吸い込まれるようにして森の中へと消えていった。

それと入れ替わるように空から、極大の白い柱のような魔力が降り注ぐ。

「助けに――」

「きゅっ！」

「キュルケ⁉」

バロンとキュルケの方に飛んでいこうとしたが、こちらに来るなとキュルケが主張する。

さらに……。

「グルゥアアアアアアアアアアアアアアアア」

ギルが柱に向けてブレスを放つ。ちょうど俺とキュルケの間に爆風が発生して俺たちが遠ざけられる形になる。

白い柱のような魔力の塊は、ギルのブレスではビクともしていない。

白い柱の中に取り残されたバロンとキュルケ。感覚はつながっている。

生きていることはわかるが、特にバロンが大ダメージを受けたことが感じ取れていた。

「リリィ！」

「ええ！」

もともとリリィの加護があるから生きているようなものだ。すぐに回復を頼む。

周りを見るが、バロンとキュルケ以外は無事だったようだ。

「ティエラ！　今のは⁉」

「まさか……最長老が……？」

初めてティエラが焦った顔を見た気がした。

「やられたな……ご主人」

「ベル」

ベルに状況を確認しようとしたところでアオイが駆け込んできた。

「一体は倒しましたが……もう一方をとり逃しました……面目ない」

「いや、一体でも倒してるなら……」

その前にも一体倒していることを考えれば十分すぎた。

アオイとベルで二体は倒し切っているわけだからな。

「ふう……なんとか倒し切ったけど最後逃げられちゃいそうだったよ」

ビレナも合流する。仕留め切れたらしい。

戦っていたハイエルフのうち、ビレナが一体、アオイとベルで二体、俺たちが一体を倒した。

残りは三体だが、すでにその全てが森の中に引き込まれ姿を消している。

一旦戦線が落ち着いたところで……。

「きゅー」

「キュルケ、良かった」

弱々しく鳴きながらやってきたキュルケを抱きかかえて撫でてやる。

すぐにバロンを抱えたリリィも追いついてきた。

「バロンも意識は失っていますが無事です」

「なら良かった……」

あとは……。

「だめ……これは……逃げてみんな」

「ティエラ……？」

あの光の攻撃を受けて以降、ティエラだけは異様なほどに表情を強《こわ》ばらせている。

「流石にここまでは……想定してなかったの……ハイエルフなら倒せる。最長老だって、それ以上は無理だって……そう思ってたの……」

震えながら告げるティエラは、もはや焦点も合わず固まったまま動けないでいた。

「一体何が……」

「ふむ……あの異様な魔力……あれがティエラの恐れたものだな？」

「ええ……」

震えるティエラの肩をビレナが抱く。

ベルが指し示した先には確かに、森全体が揺れるほどの異様な魔力が溢れている。

「あの魔力が一個体に集中したら……」

「なんと……そうなると私も歯が立ちませぬ……」

「にゃはは……流石に私も、自信ないなぁ」

リリィの驚き、アオイの分析、そして何より、あのビレナが自信がないということが、どれだけの相手であるかを物語っていた。

ティエラが震えるのもわかる。

要するにこの場において誰も、倒せるものがいないということになるのだから。

「グランドエルフ……神に匹敵すると言われる幻の存在……生まれてしまえばもう……」

「今のうちに叩くか？」

「無理ですな……りんと殿。あれはもう、手が出せる状況にありませぬ……」

アオイをして冷や汗を流しながら答える状況に絶望感が漂う。

「仕方あるまい……ご主人、覚悟を決めよ」

「覚悟……？」

「これから少し無茶を言う。この状況、まともに戦えるのはもう、ご主人だけだ」

いや、俺が一番弱いはずなんだけど……。

だがベルは考えもなしにそんなことを言うわけがない。

「何か考えがあるんだな」

ベルの顔にはまだ、余裕があるように見えた。

自信を持って策があると言うベルの口から飛び出したのは、なかなか無茶な話だった。

「テイマーというのは、使い魔を覚醒させる力がある」

「覚醒……キュルケの存在進化みたいなもんか……？」

「いや、それよりも一段レベルがあがる」

「レベルが……？」

どういうことかわからないという顔をしているとしっかり説明を加えてくれた。

「ご主人がカゲロウを憑依させられるのは、カゲロウが精霊体だからだ。そして通常、精霊体は普通の魔物より遥かに強い」

「それはそうだろうな……」

精霊というだけで一定以上の強さだ。

だが……。

「キュルケかギルが精霊になって憑依してくれたとしても……厳しくないか？」

「ご主人。ここにいるものらは全員、ご主人の使い魔であろうが」

「――っ⁉　まさか……」

「そしてもう一つ、一人覚醒したところで、あれには勝てん」

「全員覚醒させるのか⁈」

「別に全員を覚醒させられるならそれでも良いが……一人の覚醒と、精霊憑依の本領を発揮すれば、それで事足りるだろう」

「精霊憑依の本領……？」

「ご主人はもうできつつあるだろう。これまでならカゲロウ一体で戦う方が強かったところを、憑依することで力を高めておる。精霊憑依は本来、二つの力が完全に混ざり合い、混ざり合った力は二者の持つ力の総量よりも大きくなる」

なるほど……。

なんとなく話が見えてきた。

「要するに、誰か一人、精霊化してもらった上で、俺が精霊憑依を完璧にできるようになればいいと……」

言ってはみたがあまりに途方もない話にめまいすら覚えるレベルだ。

今できなかったことを二つ、同時にやろうというのだから。

「逆に言うと……それができないとこの状況は打破できないってことか……」

「そういうことだな」

ベルが言う。

周囲も真剣な表情で、誰からも代案も反対意見も出ない。

それだけの状況だということだろう。

「精霊憑依を完璧に……か」

「そっちは正直、そこまで心配しないでいいわよ」

リアミルが言う。

「そうなのか？」

「ええ。というより、精霊化が問題なのよ」

「あっ！　じゃあ私精霊になりたい！」

リアミルの言葉を受けてかどうかはわからないが、ビレナが言う。

だが……。

「ビレナはおそらく、この中で一番精霊化に遠いですよ……」

「えー」

「ご主人さまの力はあくまで存在進化を導くもので、精霊化を促すものではありませんから。ビレナの場合強くなる方向に進めたとしても、精霊化という選択肢が出てこないと思います」

「にゃはは。確かに」

納得感がある。

「精霊化に近しいとするなら……おそらく神格化されている龍であるアオイ、そして伝承レベルの力を持つ悪魔のベル、ついでギリギリのところに、天使化した私やエルフであるティエラでしょうね」

「なるほど……」

「というわけだ。ご主人」

ベルはやる気満々。

というより、話し始めた時からそのつもりがあったんだろう。

本人がやる気ならそれが一番か。

「待ってくだされ。できればその役目、私に」

「ふむ……良いのか？」

「無論。覚悟の上にございます」

アオイが名乗りを上げ、ベルが意味深な返答をした。

「なんだ……なにかリスクがあるのか？」

ベルとアオイに確認する。

「精霊化とは本来、自我と引き換えに何年も、ときには何千年もかけて行われる変化ですので……」

「自我と引き換え……？」

それは……。

「精霊化するまでに普通、自我など失われるほどの時を要するのだ」

「さっきまで戦っていたハイエルフなど、まさにその典型といえます」

「あー……」

確かにあれは何かの感情を見出すことがなかった。

ただ決められた動きを続けていただけのように思える。

「ご主人さまの傍にいる精霊たちは、生まれながらに精霊ですからね」

「カゲロウちゃんの場合、精霊になってからリントくんと触れ合ってるしちょっとまた変わるよね」

リリィとビレナが言う。

これから精霊になることと、今精霊であることはちょっと違うことはわかる。

しかもそれを無理やりやるわけだしな。

そのリスクを改めて、アオイが口にした。

「今回、りんと殿のお力により強制的に生命としての格を精霊体にまで引き上げることになりますが……うまくいかねば今いる個としての存在そのものが、なくなるということです」

「え……」

それはちょっと……厳しすぎないか？

「ご安心なされよ。私はこれで生きている年数が違います。よほどのことがない限りは自我を保つ自信がございますよ」

アオイが不敵に微笑む。

「時間もない。いずれにせよ私かアオイにしかすぐにはできんだろうし賭けるしかない」

ベルの言葉通り、森の奥ではすでに何か大きなエネルギーがうごめくのを感じる。

「で、肝心のその精霊化ってのはどうやってやればいいんだ……」

「ご主人はテイマーの持つ力を引き出すことを考えれば良い。そしてアオイは……」

「わかっております。とかく、りんと殿を信じることが重要」

「それなら私でもできたと思うんだけどなあー」

未だあきらめきれないビレナがそんなことを言うが、自我を失う恐れがあるというのなら、その危険が少ないアオイやベルが優先されるのは仕方ないだろう。

「やるしかないか」

精霊化……。なんとなくだが、感覚はわかるのだ。

目の前の信頼で結ばれた存在に対して、こちらから促してそのものの持つ生物としての格をあげる……。

こちらの覚悟は、相手を変えること。ともすれば相手を壊すことにもつながる行為を、ただ信頼という薄弱の見えない何かで結ばれた相手に強いること。

あらゆる意味で相手を信じられないと、成り立たないものだ。

会ったばかりではあるが、俺がアオイを信じるのは簡単だ。

今回に関していえば、アオイが自我を失わないくらいの強さがあると信じられていればいいのだから。

「お……？」

覚悟を決めてアオイへその力を送り込む。

「これは……なるほど……良いでしょう。私が残れるかは半々といったところ、賭けとしては悪くないですな」

半々、と聞いて少し不安になるが、アオイは俺にこう言った。

「ご安心なされよ。私とりんと殿の信頼関係はすでに、その子を通じて形成されているでござる」

アオイが笑いかけてくる。

その子、が指すのはギルだ。

「グルゥ」

誇らしげにギルが吠える。そういうことなら確かに……。

「大丈夫でござる」

そう言ってそっと微笑《ほほえ》んだアオイは、突如現れた光の渦に溶け込むように消えていく。

「アオイ……？」

溶けたアオイが再び、少しずつ形を作っていくような、そんな光景が繰り広げられる。

溶け出した光が元の形を作るように徐々に輪郭を取り戻す。

そして……。

「ふむ……ひとまず精霊化には成功しておる」

ベルが言う。

だが問題はここからだ。

戻ってきたアオイはどこか前よりも神々しさを感じる光を放ち、生気のないうつろな目でこちらを見ていた。

生気のないアオイだが、その第一声は意外にも元気なものだった。

「うまくいったようでござるな！」

「え……いや、目が」

様子がおかしいのはどうも目だけらしい。

と思ったらアオイにとってそれすらも些細な問題だったようだ。

「ああ……この程度は元々どうとでもなることですゆえ……このように」

そう言うとアオイの目が赤く光り、ドラゴン特有の縦長の黒目が覗く獰猛なものになる。

かと思えば一転、人間らしい輝きがもどってくる。

その姿は溶け切る前のアオイそのものだった。

「ひとまず成功だな」

「すごいですね……。アオイの力がこの一瞬で何倍にも膨れ上がったようです」

リリィが驚愕していた。

「ずるーい。リントくん、私もあとでお願いね！」

「いや、危ないって言ってただろうに……」

ただこれだけ強くなった姿を見た後なら……遠くない未来にそうなるかもしれないな。

「ふむふむ……なるほど……精霊というのは面白いですな。こんなことができるとは」

「ええ……」

アオイは自分の腕を取ったり伸ばしたりして実験し始める。

カゲロウの炎のような不定形のなにかが伸び縮みしている状態だ。カゲロウと違うのはそれの色が青緑に輝いていることくらいだろうか。

「カゲロウの憑依を一度解き、あとはアオイと合わせよ。今回はカゲロウとリアミルが補助だ」

「キュクゥ！」

「私が補助なのはいつも通りね！」

二人ともやる気十分。

「合わせる、だな……」

そうこうしているうちに森から大きなエネルギーが溢れ出るのを感じた。

「私ちょっといってくるよー！」

「ご主人さま、私も先にいきます」

ビレナとリリィが飛び出していく。

リリィが抱えていたバロンはティエラに預けたらしい。

ティエラだけはやはり、表情に絶望を浮かべたままだ。

「ティエラ……？」

「いくら強くなっても……グランドエルフは半神とまで言われる脅威よ……私は……とんでもないことにみんなを巻き込んでしまったわ……」

「なるほど。それを気にしてたのか」

ティエラの割に弱気だと思っていたが、気にするところは仲間の心配だったようだ。

「大丈夫。ティエラのせいじゃないし、俺がなんとかする」

「ほう。ご主人にしては珍しくやる気だな」

ここまでビレナに引っ張られるように動いてきただけだったが、仲間《ティエラ》にこんな顔をさせたままでいたいとは思えない。

ビレナたちがいても、絶望を浮かべているのなら……。

そしてベルが、俺にならできるというのなら、俺が頑張るしかないだろう。

「ふむ。りんと殿の思いが先程までより直に伝わってくるようでござるな……。その心意気、しかと受け止めましょう」

アオイの身体が青白い炎のようなオーラに変わる。

「行きます」

「ああ」

炎になったアオイは少女の面影を残しながら、身体は龍へと変化していく。

その炎に身を包まれながら、一つ俺の中で答えがでた。

アオイは龍だ。そのアオイと合わせるのであれば、一番いい形がある。

それがこれだ。

『おお……』

「ほう……」

「これは……」

イメージは赤龍。

天高くその名を轟かせる伝説の紅い龍。

黒かった羽は龍の巨大な翼へと、頭部には巨大な二本の角を、そして全身に、何者にも打ち破ることのできない龍の鱗を纏った。

「なかなか良いではないかご主人」

「ここまでうまくいくとは思わなかったけどな……」

見た目の問題ではもちろんない。

このイメージをアオイが受け入れた瞬間から、それでなくても膨大だったエネルギーが更に強まったのだ。

感覚で言えばもう、森の中心でまだ姿を見せぬグランドエルフにも、十分に並べるほどのエネルギーをその身に感じている。

さっきまでは絶望的なまでに差を感じさせられていたというのに。

「どうだ？　ティエラ。これならいけそうじゃないか？」

「これなら……」

ティエラの目に光が戻る。

「お願い。あんなものが生まれてしまえば、エルフはもちろん大陸の歴史が変わってしまう。ここで、終わらせて」

「任せろ！」

アオイを憑依して、カゲロウとリアミルが補助。

すぐそばに回復したキュルケ。上空にはギルだ。

万全の布陣。

「私も行くかの。ああそうだティエラ」

「なにかしら？」

ベルが動く前にティエラを喚《よ》んだ。

「バロンはギルへ預けよ。お主は限界まで、その弓を引き絞り時を待て」

「え……」

「行くぞご主人！」

戸惑うティエラを他所《よそ》に飛び出すベル。

「大丈夫。任せとけ」

ベルの意図は理解できる。

ティエラの弓は強力だ。そしてこの弓は本来、最後衛で溜めて使ってこそ威力を発揮する。

自ら最前線に飛び込み戦っていたこれまでがおかしかったんだ。

極限まで引き絞られたティエラの弓であれば、あのグランドエルフですら仕留める力を持っているだろう。

もちろんトドメを譲るつもりがあるわけではないが、ティエラにも十分やれることがあるということを示していったわけだ。

「わかったわ……」

「じゃあ、いってくる」

「いってらっしゃい」

ティエラに見送られて俺もベルのあとを追った。

「流石ご主人。もう追いつかれるとは」

先を進んでいたベルに一瞬で追いつくほどのスピード。

自分でも驚くが、アオイがいるのでなんとかコントロールできていた。

ただあまりしゃべる余裕はない。

「先に行く」

「ああ。気をつけてな」

ベルをおいて加速する間に頭も整理しなければ……。

「キュルケは追いついたら自由にやってもらうとして、カゲロウは……」

『武器へ変化もできるのでしたな』

「ああ……魔法剣の話か」

カゲロウのエネルギーを魔法剣に預けた状態は確かに、カゲロウが武器に変化しているようなものかもしれない。

今のアオイが憑依したこの状況であれば、これまでよりさらに力を出せるだろう。

あっという間に相手のフィールドへと足を踏み入れる。

ビレナとリリィがはっきり見えたところで、アオイの提案で攻撃を仕掛けることになった。

『では、まずは挨拶代わりに一撃、叩き込むとしましょうか！』

アオイの言葉に合わせるように腕に、手に、その強大なエネルギーを集中させる。

――龍王の息吹《ドラゴン・ロード・ブレス》

「うわっ⁉　今のリントくん⁉　すごい威力だ！」

「本当に……凄まじいですねこれは」

ビレナとリリィが驚くほどの威力を持った一撃を、グランドエルフと思われる光の渦に叩き込んだ。

だが俺たちの期待する効果は得られず、森の中心からこちらの攻撃を吸収するかのように光が溢れ出してくる。

――キュゥィイイイイイイイイイ

甲高い音が耳をつく。音と連動するように光の塊が天高く伸びていき……。

『りんと殿！』

「ああ！」

光の筋が、まるで巨大な剣を振り下ろすかのように俺たちの元に降り注ぐ。

アオイがすぐに気づいてくれたのでなんとか躱したが、森を含む地面が見渡す限り焼け焦げていた。

そして……。

「やっとお出ましか」

先程までの光の塊とは違う。若いエルフの男の身体が森の上空に浮かび上がっていた。

目をつむったままのエルフへ、溜め込んでいたエネルギーが吸収されていくように光の渦が湧き起こる。

まるで変身するかのような幻想的な風景に息を呑んでいると、ビレナから声が上がった。

「よーし。今のうちにやっちゃおー！」

「え……」

エネルギーを蓄える目の前のエルフに向けて極大の衝撃波を叩き込んでいくビレナ。

いやなんか……今にも目覚めるぞという雰囲気のエルフになんの遠慮もない状況に、少し相手に同情してしまった。

いいのかこれ……。いやまあ手段を選ぶ余裕はないんだけど……。

こちらが申し訳なくなるほど容赦ない連撃でエルフはもはや見えなくなるほどの衝撃に巻き込まれていた。

――だが

「無傷……」

リリィが息を呑んだ。

「だめかー。じゃあ直接いっちゃうね！」

「おいビレナ?!」

もうちょっと慎重に、と言おうとしたときにはすでに、ビレナの拳は現れたエルフの男の眼前へ迫っていた。

当たる。だが効くかどうか。

そう思って眺めていたのだが、ビレナの拳はエルフの手のひらにガッチリと掴まれる形でガードされ、届くことがなかった。

一切目も離していないというのに、いつ動いたのかすらわからない。

男が目を開く。

途端、森中の動物、植物、魔物から精霊まで、ありとあらゆるものたちが震えだすかのような錯覚に襲われるほど、強大なエネルギーが男の身体から溢れ出していた。

「くっ⁈　なんだこれ⁉」

「ご主人さま、大丈夫ですか？」

「ああ、ビレナは⁉」

「にゃはは。吹き飛ばされちゃったよー」

殴った右腕を押さえながら吹き飛ばされて戻ってきたビレナ。

すぐにリリィが治療する。

「悔しいけど、あれじゃちょっと手が出せないかも……」

「ビレナがそこまで言うなんてな」

「にゃはは。死ぬほど頑張ったらいけるかもしれないけど、死んじゃうかもしれないし、なにより今のリントくんたちならいけると思うからねー！」

そう言って笑うビレナ。

『りんと殿。私はともかく、この状態はりんと殿の身体に大きな負担がかかっておりますゆえ、なるべく早く片付けねば』

「そうなのか」

「はい。私がなるべく限界を遅らせますが、十数分が限度です」

リリィも補足してくる。

というかいつの間にかもういくつも加護を受けていた。流石リリィ。

「じゃあ早いとこ、やらないといけないわけか。行けるか？　カゲロウ」

「キュゥウウオオオオオオン」

高らかに吠えるカゲロウ。

その口からは炎のブレスが放たれている。

そのブレスを圧縮するように、また自身の身体もブレスに合わせるように変化していき……。

「これは……」

魔法剣と連動した形ではあるが、これまでとは違う。

まるでカゲロウ自身が剣になったような状態。さっきアオイが軽く話した通りの形を、カゲロウが自分で再現したのだ。

もちろんその密度、威力はこれまでの比ではない。

「ありがとな」

カゲロウに呼びかけてすぐ、キュルケにも確認をする。

「キュルケ、あいつの攻撃、受けれそうか？」

「きゅっ！」

「無理はするなよ」

規格外のカウンター能力を持つキュルケにかかる期待も大きい。

防御をキュルケに預けられるシーンが増えればその分、俺たちは攻撃に集中できる。

もちろん相手がしっかり溜めた攻撃は避けてもらうが、隙を作れるタイミングはあるかもしれない。

「よし……いくぞ！」

準備の間はじっとこちらを見て動かなかったグランドエルフが、気配を察知したのかこちらに目を向けた。

「っ！」

目が合うだけで圧倒的プレッシャーに押しつぶされそうになるほど強大な存在。

『大丈夫でござるりんと殿。我々は今、あれにも引けを取らぬ強さを有しております』

「ありがと。アオイ」

アオイの言葉でなんとか持ち直す。

よし。いこう。

カゲロウが変化した炎の剣をぐっと握り直し、改めてグランドエルフと対峙する。

「行くぞ……！」

アオイの龍の翼をはためかせ、空を駆けていく。

自分が速すぎて、まるで景色の方が迫ってくるような錯覚に陥る。

その景色の中心にいるグランドエルフは、これまで見たどんな亜人種よりも荘厳で、美しい容姿をしていた。

ベースは若い男のエルフだ。

だがその身に宿るオーラがまるで違う。オーラの根源は魔力。

普通のエルフですら、体内に宿る魔力量は通常の人間と比較すれば比べ物にならないほどのものだ。

そのうえで目の前にいるグランドエルフは、通常のエルフと比較してもなお、比べ物にならないオーラを放っていた。

とんでもないパーティーに囲まれている俺でも、ここまでの相手は見たことがない。

『どう攻めるでござるか。りんと殿』

ただそこにいるだけ。構えがないどころか、装備もない。簡素な布をまとっただけでありながら、どこにも隙が見当たらない。

攻めあぐねているとグランドエルフが口を開いた。

「なぜ……我らを攻撃した」

ビリビリと空気を震わせて声が届く。

まるで森の怒りを体現したとでも言わんばかりに。

「お前たちの存在そのものが……我らへの害意だ」

グランドエルフは長老たちの集合体のようなものだ。

森からのエネルギー供給はほとんど絶たれているとはいえ、元の力が大きい。

「ティエラを殺そうとしただろう？」

「ふん……人間に与する者など、エルフではない。エルフではない存在を、森は許しはしない」

「森は……か」

自分たちはあくまで森の代弁者と言い張るようだ。

「森に生きる者たちは、森で生まれ森で死ぬ。我々は森の一部であり、森は我々の一部だ」

この考えを押し付けられ、反発したのがティエラを始めとした若いエルフというわけだ。

「森を焼いた罪は大きい……我らの森からエネルギーを奪い取った罪も大きい……」

「それはお前らが……」

「違う！　お前たち人間が蔓延るせいで、森は力を失ったのだ！　我らは許さぬぞ！」

元々聖域のエネルギーは長老たちがハイエルフになったせいで枯渇したはずだ。

それすらいつのまにか人間のせいらしい。

「森に仇なす者よ。その身を以て森に償え」

『りんと殿、来るでござる！』

アオイの言葉に反応して身を捻ったが、一瞬遅れた。

『『ぐっ……』』

腕を持っていかれた……⁈

目の前のエルフは動いてもいなかった。だというのに、光の刃が俺の右腕を肩から綺麗に持っていく。

「ご主人さま！」

リリィがすぐさま回復とバフを飛ばしてくれたので痛みはほとんどない。

アオイと同化している俺は腕を吹き飛ばされてもすぐに戻せる。

そんなことより……。

「なんだあれ……」

グランドエルフが放った光に包まれるようにして落ちていった腕が、地面に到達した途端何本もの木々に形を変えたのだ。

「森の糧となり、消えろ」

「くそっ⁉」

文字通り森の糧にするための魔法ってことか⁉

考える余裕もなくグランドエルフが一瞬で距離を詰めてくる。

『りんと殿。ここは私にお任せを』

アオイの言葉を聞き、身体の力を抜く。

コントロールをアオイに預けた。

当然俺より戦闘能力が高いアオイの動きは目を見張るものがある。

「すごい……」

リリィがそうこぼすほどに、効果は覿面《てきめん》だった。

近接戦闘は互角。

アオイがカゲロウの炎を纏う剣を巧みに操り、グランドエルフに斬りかかる。

グランドエルフもその攻撃を素手で受け流し、反撃を見舞う。

いや、お互いが強大なエネルギーの集合体。

じわじわとではあるがお互いの力は消耗していく。

アオイと俺が受けたダメージはほとばしる光となって大地に木々を増やす。

「せっかく燃やしたのにぃー」

ビレナがぼやく。

それどころではないんだが、この森の力は確かに目の前のグランドエルフのものになる。

それがわかっているビレナも逐一木々をへし折って削っていく。

アオイの剣技、カゲロウのパワー、そしてそれを補助するリアミルの力があって、俺の身体が俺のものではないような錯覚に陥る。

だが同時に、常にこれだけの仲間に囲まれているという安心が力になり、一撃一撃に力がこもる。

確実にグランドエルフの持つ力を削り取っている自信はある。

キュルケも相手の手数を封じてくれていた。

だがそれでも、少し足りない。

『りんと殿⁉　限界が……』

「いや……まだ……」

なんとか意識を保つ。

とはいえそれでも、俺だけではなく、カゲロウもリアミルも限界が近づいていることを自覚していた。

そんなタイミングで、ちょうどよく助っ人が現れる。

空間魔法を使って俺たちより上空に突如現れたベルが叫んだ。

「離れよ！　ご主人、アオイ！」

「ベル！」

その言葉に応えて距離を取る。

取り残されたグランドエルフが身構えるが、遅い。

「喰らえ！」

極大の黒い球体の魔法がグランドエルフを襲う。

体の前に手をクロスさせてガードの構えをとったが、極大の闇魔法を前に光り輝く身体がみるみる削られていく。

だがそのままやられるグランドエルフではない。

「森の力を甘く見るな」

「これは……?!」

新たに生まれた森からエネルギーを吸い取るように、闇魔法の黒に対抗するようにグランドエルフの背後に白いエネルギーの塊が生まれていく。

背後のエネルギーがグランドエルフを包み込むようにして、白い塊になってベルの魔法に対抗した。

エネルギーは互いにぶつかり合い、ちょうど両者の中間点で拮抗する。

『りんと殿！　今加勢すれば！』

アオイが叫びながら最後の力を振り絞ってエネルギーを溜め込んだが、俺がそれを制した。

『りんと殿……？』

ビレナとリリィも目配せだけで伝わっていた。

「アオイ。今回は譲ろう」

『ほお……なるほど。そういうことでしたか』

憑依も解いて、俺たちは二人で射線をあけた。

「む……？」

グランドエルフが気づくが、ベルの闇魔法に対抗するのに手一杯で身動きは取れない。

「なんだ……!?　何なのだこれは!?」

異変が始まる。

グランドエルフが力としていた白いエネルギーが、徐々になにかに吸い取られるように消えていく。

当然ベルの魔法に対抗する力が弱まるグランドエルフは余計に身動きが取れなくなっていく。

「自分が森の代弁者のような口ぶりだったけど、どうやら森はお前じゃなく――」

極大のエネルギーが、俺たちが飛び立った地点から溢れた。

「まさか……！」

「女王《ティエラ》を選んだみたいだな」

白い魔法の矢が放たれた。

放たれたティエラの矢は、グランドエルフごと周囲の景色までも巻き込みながらすべてを無に帰す極大の魔法だった。

「眠りなさい」

それなりの距離があるはずのティエラの声が何故かここまで響いて聞こえてくる。

それこそ、先程までのグランドエルフのように、森が話しているかのように。

「くそ……！　森は、私を見捨てたのか⁉」

「最初から森に意思なんてないわ」

ティエラの声とともに、グランドエルフに終焉をもたらす魔法が届けられた。

「あるのは……私たちの意思。そこにいる精霊はそれに応えてくれていただけ」

「ぐ……ぁあああああああああああああああああああ」

ベルの闇魔法すらその光の前には無抵抗に飲み込まれていく。

もちろんグランドエルフもそうだ。

「おのれ……！　森の……！　森の意思に逆らうなど……！」

「違うわね……あなたたちはただ、自分の意思を押し通しただけ。森を利用してね」

「ぐっ……ああああ……おのれ！　おのれぇぇえええええええええええ！」

それがグランドエルフの、長老側の最後の砦となった最長老の断末魔となった。

「ふう……」

「あっ！　リントくんあれ！」

魔法が通り過ぎたあと、一粒の大きな白い宝石のような何かがゆっくりと森に落ちていく。

「キュルケ！」

「きゅー！」

キュルケに指示を出して取ってきてもらった。

「これは……」

「最長老……グランドエルフに集まっていたのは森のエネルギー。それが具現化したものね」

いつの間にか追いついていたティエラが声をかけてきた。

「じゃあこれは……」

ティエラに返そうと言おうとしたが、それを制してティエラはこう言った。

「旦那さまがもっていてください」

「けど……」

「きっと、何かの役に立ちますから」

いつもと違う言葉遣いも相まって、なにかすごくティエラは神々しく魅力的に見えた。

「わかった。ありがとう」

「ええ。今回は本当に……本当にありがとう」

「最後に決めたのはお主だ」

「ふふ……そうね。譲ってくれてありがとう」

ベルが前に言っていた。

森の中であれば、エルフ相手なら苦戦すると。

今のティエラがまさにそんな状態なんだろうな。

「むしろ大変なのはこれからではないですか？」

「燃やしちゃったしねー、森」

一番率先して燃やしたビレナがしれっとそんなことを言う。

「大丈夫。もう一度立て直すわ。新しいことがしたくて私に付いてきてくれた子たちなら」

「そっかそっか」

「ええ」

ティエラが言うならそうなんだろう。

「ひとまず、一段落ですね」

リリィの言葉にようやく肩の力が抜けた気がする。

改めてカゲロウにも魔法剣から戻ってきてもらった。

第五章 次に向けて

「いえーい！」

「エルフってこんなにノリ良かったのか……」

その夜、祝勝会に招かれた俺たちは、親人間派……つまりティエラ派閥だったエルフたちに混じって飲み食いを楽しんでいた。

「そりゃそうっしょー！　楽しいことしたくて女王様についてきたんだから！」

「にしてもまじでリントさん強いっすね⁉　正直人間なんてエルフに比べたら束にならないとどうしようもないとか思ってたっす！」

なんというかこう……よく言えば明るい。悪く言えば……馴れ馴れしい奴らだった。

まあ好意的に迎えてくれているからいいんだけど、こうも全員が美男美女でこの親しみやすさだとこちらがタジタジになるな……。

「へー、じゃあベルちゃんの魔法で助けてくれたんだー」

「感謝するが良い」

「やだー！　かわいー！」

「わっ！　こらやめよ！　我を誰だと……！　こらー！」

ベルはおもちゃになっていた。

よく見ればバロンも似たような状況だ。

あの後しばらく休んで、バロンも回復してくれていた。無事でよかった。

「にゃははー！　いっくぞー！」

「いきましょー！　姐さん！」

「いえーい！」

ビレナはむしろエルフたちを引き連れて飲み食いに明け暮れている。

そんな光景を眺めていると向こうで俺を呼ぶ声がした。

「悪い。ちょっと行ってくる」

「あっ。また頼みますよー！　リントの兄貴ー！」

「誰が兄貴だ」

絡んでくるエルフのイケメンたちを躱して、呼ばれた先に向かう。

「ふふ。楽しんでくれてるかしら」

「楽しいのは楽しいんだけどな……」

呼ばれて近づいたのは女王、ティエラのところだ。

隣にリリィもいる。いわゆる国賓の扱いのようで上座に席が設けられていた。

森の中で好きに立って飲み食いするような会ではあるが、このへんは一応ちゃんとしている。

そして立場だけで言えばそれより偉いとされてしまった俺の席は……ティエラより奥の上座だった。

座ると近くでご飯をもらっていたキュルケとカゲロウ、ギルがそれぞれ俺に甘えるように集まってくる。

撫でながらティエラたちに声をかけた。

「アオイはどこ行ったんだ？」

「あー。なんか火国とつながりがあった子がいたみたいでね。刀？　の話で盛り上がってるわ」

見れば確かにアオイがなにやら熱心に語り、それを熱心にメモをとりながら聞いている——

「あれ、エルフなのか……？」

「本人曰くドワーフの血が入ってるということなのだけれど、たしかに見た目もそんな感じね」

スタイル抜群の美男美女たちが並ぶエルフたちの中にあって一人だけ異質な出で立ちのエルフ。なんせでかいのだ。横に。それだけでもう場違いというか、目立つ。

「こちらに気づいたようですね」

リリィが言うようにアオイとそのエルフが気づいたようでこちらに近づいてくる。

かと思えば目の前で突然そのエルフが膝をついて頭を垂れた。

「お初にお目にかかります……！　大王様。私はドンガ。ドワーフの血を引くエルフでございます」

「ああ……いや待て。今なんて言った」

「あら。私が女王で、それより上にいるのだからそう呼ぶしかないわよ？」

「おいおい……」

いつの間にか既成事実のようにティエラに告げられた。

エルフらしさの薄いドンガが膝をついて言葉を続けた。

「この度は我らの未来を切り開いてくださり、誠にありがとうございました」

「いやいやそんな大したことは……むしろ森、焼いて悪かったな」

「いえ。あれは必要なことであり、また我らにとっても決してマイナスばかりではありません」

「そうなのか」

「今だから声を大にして言えますが、森に固執していたのは長老たちだけ。もはや聖域が力を失いかけていることは皆気づいておりました」

まあもともとそれでティエラについて来るエルフが多かったんだったよな。

焼き畑とおなじで、新たな生命を芽吹かせなければ自分たちも危ないと感じていたようだ。

新たな生命には新たな精霊が宿る。精霊たちがまた力を与えてくれる。それがエルフたちの本来の生活だった。

長老たちはいつの間にか変化を恐れるあまり、必要な変化すら受け入れられなくなっていたと、そう話してくれた。

「数千年の時を生きればそれもやむなしかと……」

「まあそうだよなあ。ところでドンガ。そろそろ顔を上げてくれよ」

「はっ。恐れながら……」

顔を上げたドンガは、ひげと大柄な体躯以外、エルフの持つ整った顔立ちをそのままにその顔にとどめていた。

なんともアンバランスだな……。

ただ顔が整ってるのは羨ましい限りだった。

「ご主人さまのお顔、私たちは大好きですからね？」

「心を読むな」

リリィにツッコミを入れてからドンガに向き直る。

「見てたけど、鍛冶師か」

「はい。ですが森は火をあまり好みませぬ。こうして知識と身体ばかりぶくぶくと膨れてしまい、実戦からは離れて久しいのですが」

「ならうちに来ないか」

「良いのですか⁉」

領地を持つというのならいてほしい存在の上位に入る鍛冶師。本人も外への興味も強いのならと思い声をかけたが狙い通り行けたようだ。

エルフの寿命からもたらされる膨大な知識、ドワーフの血が生み出す鍛冶師としての才覚。

申し分ない戦力だ。

ということをリリィから言われていたので誘った。

「未開拓の領地だ。苦労するぞ？」

「それはこちらでも同じこと」

「それもそうか……いいか？　ティエラ」

「ふふ。いいわよ。むしろ何人かは送り出すつもりだったわ」

「そうなのか」

あの気さくなエルフたちが領地に来るのか。

「楽しくなりそうだね！　リントくん！」

いつの間にか背後に来ていたビレナに後ろから抱きつかれながら言われる。

「そうだな」

色々とわくわくしているのも事実だった。

その後ティエラから参加者に向けて神国および俺の次期領地を中心とした王国との交易の解禁や、なぜかどさくさで結婚の発表をされてどたばたとしたのだが……まあいいか。

もうなるようにしかならない。

ティエラとの子は俺の世継ぎ争いには加わらないが、エルフの次期王としては期待されるらしい。

性欲の概念があまりないエルフたちは子作りは仕事だと割り切るようだ。

なのでひたすら悪意なく、子作り頑張れと声をかけられる祝勝会となってしまっていた。

◇

祝勝会を終えてエルフたちも寝静まり、俺たちもそろそろとなったところで……。

「旦那さま。たくさん頑張れを言われたわね」

「ティエラ……」

明らかに誘う声音でティエラが言う。

今俺たちがいるのは、女王《ティエラ》のための個室だ。

木々を操るエルフたちによって簡易ながらも快適な小屋が、木の上に設置されている。

つまり邪魔は入らない……んだが……。

「私も旦那様から子作りは義務だけではないと教わって、気持ちも抑えきれないところだけど……今日はこの子に譲ろうと思うの」

「この子って……アオイ⁉」

白い装束に身を包んだアオイがティエラの陰からひょっこり現れる。

「うぅ……その……私だけ結局身体を差し出しておらず……」

「そうじゃないでしょう？」

「うぐ……その……私もぜひ……りんと殿の寵愛を賜りたく……」

「え……一体どういう心境の……？」

「この子も旦那様に惹かれたってことね。それに今日は、あれだけ深く繋がっていたのだから」

「ああ……」

心境の変化には十分なきっかけか。

「というより、この子、テイムを受けた日から実は待ってたのよ？」

「なっ⁉ てぃえら殿⁉」

「ふふ。譲ってあげるんだから少し意地悪しちゃうわね」

「うぅ……」

なんだか姉妹のような関係だな。

「その……これだけ魅力的な女子に囲まれるりんと殿には……」

「「その心配はない」わ」

ティエラと声が重なる。

「いいんだな？」

「不束者ですが……よろしくお願いしまする」

いじらしいアオイに我慢できなくなってくる。

それでなくてもこっちは一度ティエラにその気にさせられかけたんだから。

「ここでいいのか？」

「ええ。アオイが力尽きて、旦那様がまだ元気なら、私が相手してもらうから」

妖艶に微笑んで、ティエラが魔法を発動させる。

ベッドの周りを天蓋が覆うように、二人だけの空間が作り出された。

「じゃあ……」

「あう……緊張するでござるな」

「じゃあ力を抜いて……最初は任せてくれればいいから……」

流石に俺もこれだけの数をこなしてきた。

そろそろリードもできるはずだ。

そのつもりで優しく不安にならないようにするにはどうしたらいいかと考えていたんだが……。

「二人きり……でござるな」

「ああ」

「ここを見られる心配もないでござる」

「そうだな？」

なんか様子がおかしいとおもった次の瞬間――

「いつまで我慢させるでござるか！」

そう言いながらアオイが俺に飛び込んできて、そのまま唇を奪われた。

「んっ⁉」

口の中を蹂躙されるようなキス。

というかこれ……。

「ぷはっ⁉　なんだこれ」

「ああ。興奮して人間のものとは違ったかもしれないでござる」

アオイが舌を出して見せてくる。

まず長い。そして先が二股に分かれている。

「おお……」

「すぐ戻す故――」

「いや、そのままがいい」

アオイに隙を与えずにすぐキスをする。

今度は逆に俺の方からアオイの口の中を犯していく。遠慮していたアオイも、スイッチを入れて舌を絡めてきた。

「んっ……はぁ……これでいいんでござるか⁈」

「なんかエロい！」

いつもより絡み合う数が違う。

いやそもそもアオイとは初めてだからそれだけでもいつもとの違いがあるんだけど。

「お気に召したならよかったでござる」

そう言うとアオイのオーラがまた変わる。

オーラというよりこれは……スイッチが入ったような感じだった。

そのまま俺を寝かせると、服をはだけさせながらいきなり俺のモノにしゃぶりついた。

「うっ」

「どうでござるか？」

二股に分かれた長い舌が絡みつくように俺のモノを刺激する。

「お気に召したようでござるな」

俺の反応だけでそう判断したアオイが勢いを強める。

体験したことがない刺激に……。

「やばい……もう……」

「いいで、ござるよ？」

咥えたまま、上目遣いでそう言うアオイ。

どちらかと言えば堅物のイメージがあるアオイのいつもと違いすぎる表情に興奮した俺は……。

「イく……！」

ビュルビュルと音が聞こえるほどの勢いで、アオイの口の中で果てた。

しばらく咥えたままのそれを受け入れたアオイは、最後まで丁寧に吸い取ってから口を離し……。

「すごい量でござるな」

そう言って舌なめずりした。

もうそれだけでエロくて、イったばかりだというのにすぐに元気になってしまう。

「アオイ……」

「もちろん、これで終わる気はないでござるよ」

そう言いながら服を脱いでいく。

露わになった胸は、比較的小柄なアオイにピッタリか、むしろ少し大きく見えるくらいの張りがある。

そして下半身は……。

「布？」

「布……ああ、褌《ふんどし》でござる」

見たことのない下着だった。

どの服も布は布なんだが……アオイの下着は布を身体に巻き付けたような特殊なものだ。

「そういえば胸も布を巻いてたような……」

「サラシでござるな。このへんはこちらの国と文化が違ったでござるが……嫌だったでござるか？」

不安そうにアオイが言う。

「いや、これはこれでいい」

「りんと殿は何でもありでござるな」

そう言いながらも安心して嬉しそうに笑っていた。

ただ問題は……。

「脱がし方がわからない」

お尻はすでにほとんど丸見えと言っていい状態。

だがいざ脱がそうと思うとどうすればいいかわからなかったが……。

「こうでござるよ」

アオイが自ら下着を取り去る。

裸になったアオイの身体は……。

「綺麗だ」

「恥ずかしいでござるな……」

頬を赤らめるその仕草も相まって興奮させられる。

「じゃあ……」

俺の言葉にアオイはこくんと頷くと、ベッドで横になって足を広げた。

恥ずかしくて耐え切れないのか顔を横に向けているところも含めて可愛くてエロくて……。

「いくぞ」

「んっ！」

先っぽが触れただけでピクッとアオイが動く。

思わず漏れた声を抑えるように口を手に持っていくが……。

「んんっ！　ああっ！」

あまり手は意味をなさず、アオイも諦めてベッドのシーツを掴んでいた。

というかこの反応……。

「初めてだったのか」

「もちろんでござる……」

二人きりになってからの積極的な姿勢のせいで勘違いしていた。

ただそれでも……。

「大丈夫でござるよ。痛みはないので、動いてくださされば」

「ああ……俺も我慢できそうにない」

「んっ！」

龍だからか、アオイが特別なのかわからないが、出し入れする度包み込んで離すまいと収縮してくる。

「これ……すごいな……」

「んっ！　はぁ！　あっ！」

アオイに余裕はないようだが、こんなことをされれば俺も余裕はなくなる。

「ちょっと……あっという間にイくかもしれない」

「いいで……んっ！　ござるよ……」

そう言って両手を広げて、俺を受け入れる。

誘導されるがままにアオイに倒れ込んで、唇を重ねた。

「んっ……はぁ……」

再びあの舌が口の中を蹂躙してくる。

腕の力もコントロールしているのかどうかはわからないが強くなっていて、もう抜け出せそうにない。抜ける必要もないんだけど……。

「りんと……殿！」

腰の動きも連動させて、俺が上にいるのに主導権ごと奪われたような状況になる。

「イくぞ……」

「私も……んっ！　んんんんんんっ！」

抱き合ったまま、お互い果てる。

「はぁ……はぁ……」

一瞬力が緩んで、これで終わりかと思ったところで……。

「んむっ!?」

唇をまた強引に塞がれた。

「りんと……殿！　りんと殿！」

「待った⁉　イったばっかで……」

「大丈夫で、ござる！」

そのまま腰の動きを再開させてくる。

しっかり抱きしめられているので逆らうこともできず、強制的に二回戦に突入する。

「――っ⁉」

気持ちいいのはいいんだが、突然のことに頭が一瞬追い付かなくなる。

だがアオイが動くことで確実に俺の息子はやる気を取り戻していて、アオイも止まる様子はない。

「ヤるしかないか」

気持ちを切り替える。

こうなったらやれるとこまでやる。

「んっ！　はぁ！　ああっ！」

興奮したアオイはどんどん激しくなっていく。

これ……こっちが持つかわからないぞ……。

「これはどうだ？」

「んっ！」

キスがやんだタイミングで首を舐めにいく。

だがこちらの動きが収まると同時に……。

「ではこちらも……」

「耳っ⁉」

長い舌で耳を攻めて来る。

体験したことない刺激がまた俺の身体を襲って、力が入らなくなる。

「ふふ。りんと殿、可愛いでござるな」

「かわ——んっ！」

完全に主導権を取られる。

アオイの目は妖艶に光っているようにさえ見えて、本能が逆らえないと判断してしまうようなオーラを放っている。

「このまま全部……搾り取るでござるよ」

「くっ……」

「んっ……いい……！　んっ！」

アオイの攻勢がやまない。

このままじゃ……。

「またイく……」

「いいでござるよ？　どんどんイくでござる」

ただ、イってもやめてもらえそうにない。

体力が持つか不安だし、そろそろ反撃しておきたいんだが……。

「ほらほら、イくでござる」

耳元でそう囁いたかと思うと、再び舌が耳を犯してくる。

同時に腰の動きも強くなって。

「くっ！」

「ああ、来てるでござる……！」

ドクンドクンと心臓の音がうるさい。

この短期間にすでに三回も搾り取られて、限界が近い証拠だ。

当然アオイはやめるつもりもないようで、どうにか反撃の糸口を探す。

「アオイ、こっちはどうだ？」

「こっち……？　んんんんっ⁉」

隙をついて身体を離した瞬間、挿入はしたままお尻の穴を攻めてみた。

効果は覿面《てきめん》だった。

「そんなっ⁉　そちらは……」

「弱いんだな」

「んんんっ！」

指を入れると完全に拘束も解かれて、アオイに余裕が全くなくなった。

「これじゃ動きにくいな」

「待つでござる！　んっ！　あっ！」

指を動かすだけで力が弱まるのを利用して、あっさりアオイの体勢を変えて四つん這いにさせた。

力が入らず頭は下がっているので、お尻だけ突き出したようなポーズだ。

「恥ずかし……んっ！　だめで……だめでござんんんんんんんんんっ⁉」

「こっちでもできるよな……？」

「それは……待つでござる！　そっちにそんなもの挿れたらぁあああああああああああああっ⁉

あああああっ！　あああっ！」

あり得ない勢いでビクンビクンと身体が跳ねるが、それで意識が飛ぶようなことはない。

後ろからお尻に挿れた上で、さらに手を回してクリトリスをいじる。

「がっ！　あぁっ！　だめで……んっ！　あぁあああああああっ！」

叫ぶことしかできなくなるアオイをそのまま攻める。

さっきまでの仕返しもあるが、アオイのギャップに興奮して抑えられなくなってる部分もあった。

もっとおかしくなるアオイが見たくて激しくなってしまう。

「あっ！　あぁあ！　だめで……んっ！　んんんんんんんっ！」

「そろそろ俺も……」

「お願いでござる！　んっ！　これ以上はもう……！　んっ！　あああああっ！　だから……んっ！　来てぁあああああああああああ」

アオイの限界も近いし、俺もそうだ。

ラストスパートをかけて一気に攻め立てる。

「あっ！　ああっ！　あぁあああああああ」

「イくぞ」

「んんっ！　かっ！　ぁああああああああああああ！」

叫ぶだけで余裕がなくなったアオイに、容赦なく四度目の射精をした。

四度目にして一番多いのではないかと思うほど激しく出たせいで、アオイにとってはさらに刺激を加えられた形になり……。

「かはっ……ひゅー……はぁ……んっ……はぁはぁ……ああっ」

ビクンビクンとしばらく痙攣がやまなくなった。

「俺も、限界だ……」

ビクビクとしながら横たわるアオイの隣に倒れ込んで、二人でそのまま溶けるように眠りにつく。

流石にここからティエラとヤれる余裕は残っていなかったのだった。

◇

「ただいまー！」

一晩エルフの森で過ごして、俺たちはフレーメルの家まで帰ってきた。

エルフの森、と言ったが焼き払ったあとなのでもはや森かなにかも怪しいんだよな……。

あちらの立て直しのためにティエラは残るかと思ったが、エルフはのんびりしていて慌ただしく動きたがるタイプは皆うちの領地に来ると言い、残る面々は十年も待てばまた森が出来るから気にするなと送り出していた。

時間の感覚が違いすぎる……。

「ふふ。私も、ここに帰ってくると落ち着くようになったわ」

ティエラが言う。

「不思議なものでござる。私はまだ二回目だというのに……」

「それだけ今回の相手は手強かったってことでしょうか。全員無事に帰って来られたことに安堵する程度には」

リリィの言葉を受けて改めて考える。

ハイエルフたち、そして最後に対峙したグランドエルフはもはや、最後は戦いについていけていなかった。

アオイを精霊憑依して、アオイに身体を預けてようやくダメージを与えられただけ。

ベルがいなければ先に倒れたのは俺だったはずだし、トドメを刺したのもティエラだ。

「邪龍も、強いんだよな」

「しっかりと準備を整え臨みましょう。封印というものはある種、力を蓄える休息のようなもの。場合によっては以前より強大になっているでしょう」

リリィの言葉に頭を抱える。

「封印前でSにプラスが七も八もつくって言ってたのにか……」

どこまで強い相手と戦わないといけないんだ……。

「ふふ。楽しみ？」

ビレナが俺の顔を覗き込んでそんなことを言う。

「え……」

「旦那様、少し笑っていましたね」

ティエラにまで言われてしまった。

「ご主人にとっては不完全燃焼だったということだな。今回の相手は」

「いや……手いっぱいだったけど」

ただ確かに、力不足を感じると同時にそう、悔しさみたいなものはある。

「やはりリント殿はとんでもないな」

バロンが言う。

「あれだけの敵とぶつかってなお、次を期待している表情ではないか」

「次はリベンジだもんね。私も一緒だ！」

「ビレナと一緒、か……」

毒された、というと言い方が悪いけど、影響は強く受けてる自覚がある。

同時に元々こういう部分があったんだろうなというのも感じていた。

ビレナと出会ってようやくチャンスをもらったわけだ。

「強くなりたいな」

「普通ならこれ以上強くなってどうすると言いたいところだが、次の敵がそれほど強大とわかっているなら必要だろうな」

バロンもなんだかんだ言って、同じ思いを強く感じる。

二人してついて行くのに必死なメンバーに囲まれてるんだけどな。

だからこそ、こんなメンバーと戦っていけるのが楽しみなんだ。

今回の敵みたいなのがゴロゴロいられても困るとはいえ、次があることにどこかワクワクしている自分がいた。

「心配せずとも、邪龍討伐後も当てはありますからね」

「え……？」

リリィがさらっと言う。

「そうね。グランドエルフが半神、だったとして、そのうち神まで相手にするんじゃないかしら」

「邪龍が順調に強くなってくれてたら神の域に入ってるだろうしねー」

「待った。そんなゴロゴロ強い相手が出てくるのか?!」

流石に焦る。

「この地には眠っておるだけで神の名を冠する化け物はゴロゴロおる」

「火国にも龍神が眠ると言われているでござるな」

「というか、カゲロウちゃんも順調に育てばそうなるしね」

「キュク？」

呼ばれてカゲロウがひょっこり顔を出してすり寄ってくる。

こうしているとあどけない表情のただの狐なんだけどな……。

そういえばカゲロウも、幻獣で、育ったらそうなる可能性のある生き物だったか。

「そうか……いるんだな……」

「それこそ、何千年も過ごしていればいずれ出会うでしょう」

「何千年……」

ちょっと想像できない数字が出て来てまた気が遠くなる。

「リント殿がいつまでも自信が持てない理由がよくわかるな」

バロンの言葉の通りだった。

「寿命の問題から手を付けないといけなかったわね。そういえば」

「そういえばそうだの。寿命を無理やり縮められた者たちもおる」

ティエラとベルが話題を切り替える。

エルフの問題が解決した今、すぐにでも動いた方がいい話になったわけだ。

「今までは何となくで流してたけど、寿命ってどうやって延ばすんだ？」

「領民が奪われたという寿命は、それに代わるエネルギー源があれば戻せるわ」

「エネルギー源……」

寿命に代わるようなとなるととんでもない規模になるんじゃないかと思ったが、軽い調子でビレナがこう言った。

「別に何とでもなるよね。そっちは」

「ええ。なんなら私の魔力で一部は足りるし、リリィたちに手伝ってもらえばそう大変じゃないわね」

「そんな簡単に……」

いやまぁ、ティエラやリリィの魔力が規格外すぎるという話は当然あるんだが……。

「エルフってみんなそんなことできるのか……？」

「これはティエラが生み出した魔法なので、ティエラ以外は使えないでしょうね」

「そうなのか」

リリィの言葉を受けてティエラを見る。

「ええ。元々二人のために作ったものだから」

リリィとビレナを見てティエラが言う。

「そうか。そういえば三人っていつからの知り合いなんだ？」

「いつからか、は置いておくとして」

ビレナの前置きに圧がある。

この部分はもう触れないでおこう。

ただ、それ以外は話してくれるようだ。

「最初は私だけで、リリィと会ったのは結構経ってからだねー」

「あれ？　そうなのか」

「懐かしいわね。ビレナがエルフの森の近くに来てた時に、私が興味を持って近づいたのよね」

ティエラは元々好奇心が強かったみたいだしイメージは湧く。

「あんなとこになんか出ると思わなかったからすぐ攻撃しちゃったんだけどねー」

にゃははと笑いながらビレナが言う。

ビレナの強さを考えると笑いごとじゃないと思うんだけど……。

「あの頃のビレナ、まだほとんど獣だったわねぇ」

「わー！　それは言わなくていいから！」

珍しく取り乱すビレナ。

昔の話をされた時だけちょっと慌てるんだよな。

なんか意外で可愛い。

それはそうと……。

「大丈夫だったのかそれ……」

「ギリギリね。近接戦は当時から勝てないけれど、すでに私は星の書を読んでて、ビレナはまだだったから」

意外な事実だ。

ビレナにもそんな時代があったのか。

「星の書のこと知ったのもティエラと会ってからだもんねー」

「その前からおかしな強さだったけどね」

二人で笑い合う。

「しばらく二人で遊んでて、その時に私はビレナから冒険者のことを聞いて登録して、ビレナの星の書を探したりしてしばらく過ごしてたんだけど、一応女王としてやることがあるからって戻って……そのあとね。リリィを連れてまた来たのは」

「そうでしたね。ビレナも随分人間らしくなってたんじゃないですか？」

ふふ、と笑ってビレナがまた顔を赤くして拗ねるようにそっぽを向いていた。

子どもみたいで可愛いな。

「驚いたわよ。常識というか、普通にコミュニケーション取れたし」

「ヴィレントのおかげですね」

「待って待って！　私元々そんなにおかしくなかったからね⁈」

「それはどうでしょう？」

「違うから！　違うからねリントくん⁉」

何故か必死なビレナだったが、気にすることなくリリィが話を続ける。

「ヴィレントが色々と叩き込んでいましたからね」

「あーそういう繋がりなのか」

ヴィレントが二人の師匠と言っていた。

現役時代はSランク冒険者と聞いているが、今のところヴィレントの強さは見れていなかったけど、
二人が師事していたのはその辺も理由なんだろう。

「うぅ……もう終わり！　この話終わり！」

「あら。まだ大事な話をしてないじゃない」

「寿命の話でしたもんね」

「そうそう。ビレナと離れる前に、私が神域の魔力をもとに作った魔法……対象の寿命を無限に引き上げる秘術——イモータル」

「無限に……？」

「正確にはエネルギー源を生命に依存させなくする……と言ってもわかりづらいかしら。精霊に寿命はないわよね？　そして実体もない」

それはカゲロウを見ていればよくわかる。

というか、俺もアオイを精霊憑依していたときはほとんどそんな状態だった。

炎のような不定形の身体は、傷ついてもすぐに復活する。

「ようするに魔力が尽きなければ死なない……みたいなものか？」

「そうね。そしてその魔力の根源を分散する」

「分散……？」

「普通の人間は心臓を貫けば死ぬけど、エルフや精霊を殺すにはエネルギー源を断たないといけない。そのエネルギー源が一か所に偏ってたら、そこを突けば死ぬわ。例えば最長老は、神木と一体化して身体を得たけれど、結局あの身体が急所になってしまった」

「待った。じゃあビレナって刺されても死なないのか⁉」

「そだよ！　やってみる？」

「いや……」

そんな軽いノリで刺されようとしないで欲しい。

「私も同じで、生命が肉体に依存していないし、根源の魔力を分散させているの」

「なんか……心臓がいくつもあるみたいだな」

「そうかもしれないわね」

さらっと言ってるし笑っているけどとんでもないことだった。

いやまぁ、エルフは元々そういう生き物だとしても、だ。

「ちなみに私もそうであろうな。この世界で死んでもしばらくすれば魔界で復活する」

「それは私もでしょうな。ですがそれは、同一人物と言えるものかあやしいでござるが」

「あれ？　そうなのか」

「高位の生命体はそうね。精霊もよくあるけれど……。生命の根源を分散するっていうのは、例えば私なら周囲の精霊たちのエネルギー一つ一つだし、ベルちゃんは魔界に溢れる高濃度の魔力、アオイちゃんは……」

「地脈と呼ばれる自然のエネルギーでござる」

ティエラの言葉にアオイがあっさり答える。

地脈って確かその地域に眠る強大な魔力……いや、魔力とは別と言ってもいいくらい異質なエネルギーだったはずだ。

一応全部魔力の一種らしいけど。

「ま、こんな感じで色々あるんだけど、復活できると言っても一度そのエネルギーの中でもみくちゃにされちゃうわけで……自我が保てなくなるくらい時間もかかるし、生まれ直した生命は同一人物か怪しくなりがちね」

前にベルがそんなことを言っていたような気がするな。

死にはしないけど少なくとも長い間会えなくなると。

そういう原理だったのか……。

でもそれは事実上の死だろう。

「大丈夫ですよ。自我が失われる前に戻しますから」

リリィが笑う。

ああ、これが普段言ってる死んでも生き返らせるってことなのかもしれない……。

突拍子もない話がどんどんつながっていくのが怖いような、現実味を帯びていくにつれてより一層遠く感じるというか……。

「案ずるな。ご主人が我々と同じような存在になるだけだ」

「あ、ついでにバロンもやったほうがいいよね」

「私か⁉ そんな化け物、なるほうも相応の条件があるだろうに。ティエラ殿の魔法が規格外な上でも」

「流石バロン。でももうバロンも十分、その資質を有していますからね」

「そうなのか……？」

「ええ。自覚がないようですがもはやあなたもSランク超級の実力者です。イモータルという魔法は、存在の格を引き上げるご主人さまのテイムと同じ原理ですから、引き上げても仕方ないという状況でなければいいですし、身体も受け入れるはずです」

「なるほど……」

というか……。

「俺とバロン以外はじゃあ、元々精霊と同じくらいの存在だったってことか」

すでにイモータルを使用された獣人ビレナ。

同じくイモータルを使用され、そのうえで天使化したリリィ。

悪魔という精霊より格上と言っていい存在であるベル。

精霊の上位体のようなものであるエルフのティエラ。

そして龍というこれもまた精霊以上の格を有する上位生命、アオイ。

これまでも何度もとんでもないメンバーだと思ってはいたが、こうして並べるともはや化け物じみていて変な笑いが出る。

クエルが集まった俺たちを見て苦笑いしていたのはこういうことかもしれない……。

「ふふ。そうね。そう考えると面白いわね」

「人間が少なすぎる」

そういえばバロンもダークエルフだ。

精霊との距離感が遠い、みたいな話は聞いていたからイモータルが必要というわけか。

元々寿命、長いはずだけどな。

「ま、そんな感じでやってこー」

「神国の領民たちを不老不死にするわけにはいきませんから、そのあたりはうまく分け与える魔力量を調整しましょうね」

「リリィとティエラが気を付けたら大丈夫だよな……？　それは」

「そもそも神国にそこまでのポテンシャルを持つ子がいるなら、こっちにスカウトしちゃってもいいんじゃないかしら」

「確かに……」

少なくともSランク相当の実力者ってことになるもんな。

まあそもそも、さっきの話だと無理やりそんな魔力をぶつけられたら普通は領民の方が持たない気もするから調整してくれるだろう。

「私も流石に森に戻らないと使えない魔法だから、いずれにしても戻ってからね」

「すぐ不死身になっちゃうねー。リントくん」

「そんな軽いノリで……」

相変わらずマイペースにとんでもないことをこなそうとするメンバーだった。

とはいえこれはもう、ティエラに任せるとしよう。

「森が戻るまで十年って言ってたけど、そのくらいで、か？」

「いいえ。新たな神域にもエネルギー源にも当てはあるし、そこまではかからないかしら」

「そうなのか」

現実味がないから十年くらい経ってもいいかとすら思っていたけど、意外と早いらしい。

まあそれでも今これ以上考えることはなさそうだな。

「あと考えないといけないのは……」

「ご主人はそろそろあのギルドの娘に小言を言われるのではないか？」

「うっ……」

領地運営のこと、ルミさんに任せきりだからな……。

小言を言われるのが嫌というよりは、ルミさんに迷惑をかけている自責の念にかられる。

とはいえ……。

「領地のこと、わからないからなぁ……」

「にゃはは。まあ任せられることは任せておけばいいんだよ」

「リント殿は全体の方針さえ決めておけばもう良いだろう。向こうもそのつもりだ」

「それでいいなら……」

とはいえルミさんがしっかりしすぎてて俺はうなずくだけで終わりそうだ。

「噂をすれば、だの」

「リントさん！　戻って来たなら教えてください！」

「ごめん……」

寝室にルミさんがやってくる。

色々怒られるかと思ったが……。

「またすぐ出られるんですか？」

怒りはあまり感じない声音で、そう聞いてきた。

「えっと……どうする？」

パーティーに、というよりリリィに確認する。

「そうですね……。ティエラが魔法を使うにもある程度は準備が必要ですし、ご主人さまはその間こちらにいても問題ないでしょう」

「そうなんですか！」

パァッとルミさんの表情が明るくなる。

そんなに仕事が溜まっていたのかと思ったんだが……。

「リントくん、鈍いなぁ。誘われてるんだよ」

「なっ⁉」

ルミさんが一瞬で赤くなった。

「誘ってるわけではなくて！　その……いやもちろんそういうことも多少は期待していないと言えばその……」

必死に弁明するルミさんがどんどん赤みを増して行っていて可愛い。

そんなルミさんを見ながら、ベルが言う。

「ふむ……。確かにご主人は留守が多いからな。こちらにおるときくらい相手をしてやればよい」

え……そういうことなのか？　これは。

「とはいえ私たちも、こちらにいないとゆっくりはできていませんでしたよね」

「ふふ。取り合いね。私も結局、できなかったし」

「アオイだけだねー。シたの」

「りんと殿……」

何故かアオイにジト目を向けられた。

いやこれは責めているというより恥ずかしくて誤魔化しているんだろうな。あんなに乱れた姿、他には見せていないし。

「にゃははー。まあでもしばらくは、普段できてない人に譲らなきゃね」

「バロンとベルはいいのですか？　すぐに神国に行きますよね？」

「お主はどうなんだ。一度神国に来るだろうどうせ」

「私は今日ルミさんと一緒に相手してもらいますよ？」

「こいつしれっと……」

そんなやり取りを聞いていたルミさんは……。

「ええっ⁉　そんな……ええ⁈」

「三人は初めてかにゃー？」

「それはそうですよ！　というより二人でもリントさんが初めてで……違う！　そうじゃなくて！」

「まあまあ、慣れておいていいいんじゃない？　どうせ今後増えるよー？」

「それは……」

若干涙目のルミさんが可愛い。

色々おかしな気もするがこの顔を見られるならまあいいかと思ってしまう自分がいた。

「うぅ……そうですね……。今のリントさんと婚約するというのはこういうこと……」

葛藤を抱えたルミさんに、廊下からやってきた足音の主が声をかける。

「ふっ。今さらね」

「あれ？　ミラさんも来てたのか」

「来たわよ。というか本当に帰って来たなら言いなさいよ！　もうこの家正面口の意味ほとんどないじゃない！」

ミラさんがいつもの恰好で怒る。

隠すべき場所しか隠せない服と言っていいのかも怪しい服なせいで、強い口調で喋るとそのたび胸がダイレクトに揺れる。

エッチだった。

「聞いてないわね……その顔は」

「あっ」

「はぁ……。まあいいんだけど……帰って来たなら声かけなさい」

基本的に空から帰ってくるせいで正面口を使っていないのは事実だった。

元々俺が使っていた小屋がそのまま一番上の階になっていて、ギルのためのスカイバルコニーとつながっているので普段の出入り口はそちらになってしまっている。

ミラさんからしたらまあ、騒がしいから帰って来ていることはわかるんだろうけど色々気になるだろう。

「セキュリティ的にこの作り、よくないのか……？」

「シーケスがいるだろう。それだけで十分強固と言えると思うが……」

バロンが言う。

「そういえばシーケスは元気か？」

「こちらに。主様のおかげで健在でございます」

「おお……」

突然隣に現れてそう言う。

元気ならいいんだけど……と考えていたら、アオイがシーケスをまじまじと見ながらこう言った。

「む……今の技……。しーけす殿とおっしゃいましたか？」

「はい。火国の龍殿」

「アオイでいいでござる。それより今の動き……しーけす殿は火国にいたことが……？」

「そうなのか？」

意外な接点だと思いシーケスを見る。

「一度訪問しましたが、通り過ぎた程度です」

「通り過ぎる……。すごい遠いんじゃなかったっけ」

「シーケスは大陸中を動き回って諜報活動をしていたからな」

バロンが補足してくれる。

すごいな。

一度俺も火国には行ってみたいんだけど、しばらくは難しそうだし話くらい聞いておきたいな。

「通り過ぎただけ……。ですが、火国のシノビの技を体得しておられるご様子」

「シノビ……？」

「諜報活動から暗殺まで様々な役割をこなす国の暗部……でしたか？」

「左様。暗部、というよりは公認の戦闘集団でござるな」

なんかかっこいいな。

こっちで言う騎士団が、戦闘だけじゃない部分まで動いているような感じか。

騎士団にもそういう組織はあるし似たような感じかもしれないけど。

「シーケスはシノビだったのか？」

「いえ。主様の期待に沿えず申し訳ありません」

「いやいや⁉」

期待するような目をしてしまっていただろうか。

してしまったんだろうなぁ……。

まあそれはいいとして……。

「じゃあ技だけ使えるのか」

「はっ。見聞きしたものはなるべく多く吸収して参りました。聖女殿やバロン殿のような動きは真似できませんでしたが……」

そう言いながらシーケスは落ち込むが、比較対象がおかしいからな。

そんなシーケスにバロンが声をかける。

「今のシーケスならば、当時の私くらいの動きはできそうだがな」

シーケスもテイムの影響で強くなっているからそれはそうかもしれないな。

「シノビの技は本来、その血筋のものがそれこそ死を覚悟するほどの苦行の末に体得するものと言われているでござるが……」

「すごいなシーケス」

「いえ……」

あ、ちょっと照れてて可愛い。

「じゃあ明日のエッチは二人で一緒にしちゃえば？　火国の話で盛り上がるんじゃない？」

「そんな基準で……？」

というか二人一セットなのか……？　今日のことも知らない間に決まってたし……。

「そっちの金髪は良いのか？」

「うぇっ?!　私？　私は別にいいわよ……その……いつでも」

「要らないわけじゃないのね」

「うるさいわね！　いいでしょ別に！」

ミラさんはミラさんっぽかった。

そしてビレナもいつも通りこんなことを言い始める。

「じゃあ三日目は髪の色近いしミラとティエラでいいんじゃない？」

「適当すぎる……」

「にゃはは」

「それにしても、ビレナはいいの？　三日も我慢できるのかしら？」

「シたくなったら勝手に襲うからいいかなって」

え……襲われるのか……。

というか順番決めてる意味がないな……。

「バロンとベルはいいの？　すぐ神国行くのに」

「私は……別に強く望むわけではないが、こうも順番を意識されると確かにやっておかないと損した気持ちにはなるな」

「それこそ行く前に気が向いたらご主人を襲えばいいのだろう？」

「ベルちゃんは襲われるんじゃないのかなー？」

「うるさいわ！　襲うのはお主だろうに！」

「にゃはは」

こうして改めて思うと……。

パーティーメンバーがビレナ、リリィ、バロン、ティエラ、アオイの五人。

家と領地を管理してくれているシーケス、ミラさん、ルミさんの三人。

使い魔の枠にはなるがリアミルだってそういう相手だ。

合計九人……。

とんでもないな……。

「お？　リントくんちょっと元気になってるね」

「それは……」

こんな美女たちを前にして自分といつエッチするかなんて話をされて興奮しない男がいたら見てみたい。

「せっかくなら全員で、してみる？」

「え……？」

「いいですね。パーティーではなし崩し的にということがありますが、ここにいる面々とそういうことをする機会はないですし」

「あんたたち……外でもやってるわけ？」

「私は巻き込まれているだけ……のはずだ」

バロンの言葉にベルが深く同意を示していた。

まあ始まっちゃえば二人ともやる気になるんだけど。

「ちょうどいいんじゃないかしら。話していたら濡れて来たし」

「うう……。りんと殿の使い魔になるというのはこういうことなんでござるな……」

「いきなりこんな人数……」

ノリノリなティエラと対照的に尻込みするアオイとルミさん。

「にゃはは。まあ早いもの勝ちってことで……」

ビレナが俺の服に手を伸ばしてきたところで……。

「早いもの勝ちでいいなら、まずは私ですね」

「ルミさん⁉」

いつの間にかすぐそばに来ていたルミさんが一気にズボンを下げて俺のモノを咥えてきた。

「ビレナが先越されるなんて……すごいわね」

「にゃはは。びっくりしちゃったけど……皆でヤるのに最初から飛ばしちゃって大丈夫かにゃー？」

「んっ⁈」

俺の股間に顔をうずめているルミさんの身体がビクンと跳ねる。

ビレナがルミさんの後ろからいきなり股間を攻め始めたのだ。

「んっ……ぷは……あっ！　そんな……ずるじゃ……あぁっ！」

「ふふーん。いつまで持つかなー？」

「んっ！　あぁっ……いいです……。むしろ私の準備の手間が省けますから！」

ルミさんはそう言うと再び俺のモノを咥えてくる。

準備という意味ではもう充分だし、何よりこんな求められているのに先に体力切れじゃあ勿体なさ過ぎる。

「ビレナ。ルミさんもらうよ」

「間に合わなかったかぁ」

大人しくルミさんから身体を離すと、ビレナは次のターゲットを探し始めていた。

「じゃあミラでいっか」

「いっかってなによ⁉　それに私はヤるとは言ってな……んぅっ⁈」

「こんなえっちな恰好してるのにヤらないわけないじゃんね？」

「それはあんたたちが無理やり……ひゃん……」

ミラさんが可愛い声を出しているせいで気になるんだが……。

「リントさん。今は私を見てください」

両手でルミさんに顔を戻されて視線を固定させられる。

いつの間にか服もはだけていておっぱいが露わになっていた。

中途半端にはだける形になっているせいでおっぱいは見えているんだが服に押しつぶされていて、逆に強調されているみたいでエロい。

「見てくださいとは言いましたが……その……あんまりジロジロ見られるのは恥ずかしいというか……」

ルミさんがそう言って顔を隠すので。

「キスしたいんだけど」

いじわるをすることにした。

「うう……ずるいです」

顔を覆っていた手を片方だけどかして、片方で目を隠して口だけオープンにする。

目を開けてないってことは、不意打ちし放題なんだよな……。

「んっ⁉　ちょっとリントさん⁉」

「どうひた？」

「キスしてくれるんじゃ⁉　乳首……ひゃっ……あぁっ……そんな……」

ずっと見ていたおっぱいにしゃぶりついてルミさんを攻める。

「あぁっ……胸だけでこんな……んっ」

ビレナの影響もあって完全に出来上がってるから、おっぱいだけでもイかせることはできそうなんだけど……。

「せっかくなら本番でイかせたいよね」

「えっ……待ってください今挿れられたら私――んんんんんぅっ⁉」

俺が待ちきれなくて一気にイってしまった。

ルミさんの身体が反りあがる。

「あっ！　そんな……あんっ！　んんんっ⁉」

いきなりイかされた上に、反応が追い付かないままに攻められて考えをまとめる余裕もなくなったルミさん。

余裕がなくなって隠していた顔も隠し切れなくなっている。

「待っ……ああんっ……あっ……そんな……見ない……ひゃぁっ⁉」

限界はとうに超えてるみたいだけど、最後まで付き合ってもらおう。

最後までしないとあとでルミさんは怒るしね。

「んっ！　あぁっ……ん……」

キスで唇を塞ぐと、ルミさんがしがみついてきて舌を絡めてくる。

攻める余裕なんてなさそうで、助けを求めるようなしがみつきとキスだ。

「いくよ……このまま」

「ぷは……はぁ……はい！　あっ……あぁぁあああああ！」

「――っ！」

ルミさんが一瞬先にイったことで、膣内が収縮する。俺を逃すまいと搾り取るようなその動きに合わせて俺も果てた。

「はぁ……はぁ……」

ルミさんは満足そうに気を失っているが……。

「はい。じゃあ次だねー」

俺の方は休む余裕はなさそうだ。

「次はどうなさいますか？　全員準備は出来ていますが」

リリィがそう言って衣服を捲し上げる。

びしょびしょになった股間を見せつけつつ、片手に収まり切っていない巨大なおっぱいを持ち上げて乳首を自分で口に含む。

エロすぎる誘いに乗りそうになったが……。

「お主が始めたらご主人が気絶するまで終わらんだろう」

「大丈夫ですよ？　気絶しても復活させますから」

怖い……。

「今日はこいつに譲ってやったらどうだ？」

ベルが背中を押したのはミラさんだ。

ミラさんもすでに周りと同じく、自分でいじっていてスカートから見えるほどビショビショになっている。

いやまぁ、その前にビレナにも襲われてたんだけど。

「あれを見た後にヤるの……ちょっと怖いんだけど……」

気絶したルミさんを見ながら不安がるミラさんだが……。

「私に気絶させられるのと、リントくんならどっちがいい？」

手をわきわきさせながらビレナがミラさんに近づく。

「ひっ⁉」

逃げるように俺のところに倒れ込んできて……。

「あんたの方が絶対マシ！　というか、私が動くわ！　それなら私のタイミングで終われるじゃない」

いいアイデアを思い付いたと、得意げに俺にまたがってきたミラさんが間髪入れずに騎乗位で俺のモノを挿入していく。

「んっ……。あれだけ激しくやったのに何でこんな硬くて大きいのよ」

不満げな言葉と裏腹に表情は嬉しそうに、そして妖艶に笑っていた。

「動くわよ——って⁉　ダメよ！　あんたが腰掴んだらそれは……あぁあああああっ！」

こっちはすでにスイッチが入ってる。

我慢できるはずもなく、ミラさんの腰を掴んでこちらから激しく突く。

耐え切れずに倒れ込んできたミラさんを支えながら、勢いは緩めない。むしろ倒れ込んできたことで当たっているおっぱいの感触とかミラさんの柔らかさとかを感じて勢いは増す。

「待って⁉　んっ！　んんんんんんんんっ！」

「もう二回くらいイった？」

「むっ……」

挑発に乗って表情を引き締めたミラさん。

ミラさんはこうでなくちゃな……。

「私は気絶しないであんたをイかせるから！」

そう言うと再び騎乗位になって……。

「んっ……どうかしら？　大人の女の魅力を感じなさい」

グリグリと押し付けるように腰を回して刺激をしてくる。

確かに雑に何度も突くのとは違う刺激があってこれはこれでいい。

ミラさんはそのまま体をのけぞらせて角度を変えつつ、器用に俺の股間に手も伸ばす。

「んっ⁉」

「ふふ。感じるでしょ？　玉も一緒に刺激されると」

「これは……」

「ふふ……さあイきなさい！　特別に中で出させてあげるわ！」

「くっ……」

このままイくこともできるくらいにはミラさんの刺激は気持ちいい。

ミラさんも得意げに笑っていて……。

「こうなったミラさんをイかせるのが、一番楽しいんだよネ」

「えっ……」

ミラさんは不安定に身体をのけぞらせていたのであっさり上下を逆にできる。

その拍子に一度抜けてしまうが……。

「んっ！」

それが予期せぬ刺激になりミラさんに隙が生まれる。

このまま挿入してもそれはそれでいいんだけど、こっちも攻められて余裕がないし……。

「こういうのはどう?」

「んっ⁈　ちょっと……せめて挿れなさいよっ！　んっ！」

首筋を舐めながら、片手で胸を、片手でさっきまで俺のモノが入っていた股間を刺激する。

膣内の刺激はあとで息子に任せるとして、今はクリトリスだ。

「んっ！　この程度じゃ……別に何とも——んんんっ⁉」

耳を舐めると身体がビクンと跳ねた。

「ここ弱いんだ」

「ひゃっ……そこは……らめ……んっ」

一瞬でミラさんがふにゃふにゃになってしまった。

相当弱いんだろうな……。

「じゃあ、さっき言われたし挿れるけど」

「待って！　耳……耳ひゃめて……おねがあぁぁあああああああっ⁉」

耳を舐めたまま無理やり姿勢を変えて挿入した途端、ミラさんがそこで限界を迎えていた。

「あーあー。リントくんイかせてもないじゃん～」

ビレナがミラさんの乳首をつねるとビクンと身体が跳ねるが、それ以上動く余裕はなさそうで荒く呼吸をするだけになっていた。

「りんと殿の本気はやはり、凄まじいでござるな」

アオイが若干怯えながらそう言う。

いや、これは怯えだけじゃないな……。目が潤んでいて自然と股間に手が伸びている。

あのときのことを思い出しているのかもしれない。

「そろそろ私もと思ったが、今日はシーケスが先だろうな」

バロンも随分出来上がっている顔はしているが、それでも今日の所はシーケスに譲ろうという余裕を見せる。

だが、すでにそんな余裕がなくなってる面々がいた。

「リントくん……もういいよね？」

トロンとした表情でビレナがしなだれかかってくる……というかそのまま押し倒される。

「ご主人さま……」

「あら。二人ともいくなら私も……ね？」

ビレナ、リリィ、ティエラの三人が一気にやってきてもみくちゃにされる。

「あ……」

残念そうにアオイが声をあげたが……。

「諦めよ。ああなったところに混ざれるほど慣れてはおらんだろう」

「それは……」

そんな会話が耳に入ってくるが、すでにリリィのおっぱいのせいで視界が遮られている。

下半身にも刺激が与えられるし、乳首のあたりも舐められているし、もう何がなんだかよくわからないくらいもみくちゃにされている。

気持ちいいんだけど楽しむ余裕がなくなるくらいの猛攻だ。

「シーケスも次の機会に賭けるしかないな……リント殿が生きていれば、だが……」

バロンの不穏な言葉が耳に入って以降の記憶がない。

結果的にビレナもリリィもティエラもベッドで寝ていたのでまあ、なんとかなったんだと思っておこう。

◇

「明日からはしばらく別行動ですかね」

しばらく休んで回復した後、ルミさんから色々確認されたりご飯を食べたりして、ようやく落ち着いたところだった。

リリィが復帰してすぐヒールという名のとんでも魔法が唱えられたので、全員いつもより元気なくらいには回復していた。

「邪龍の巣、攻略に向けて準備期間だな。なるべく早く行ければいいんだけど……」

「お気になさるな。私もどんが殿に頼んだ刀を待ちたいですし、かの邪龍はきっと私を感じているはず。私が現れるまでは、結界を破ろうとはしないでござるよ」

アオイの言葉の裏には、次にアオイが近づいた時、強固な結界を破ってでも出てくるという意図を感じた。

実際俺も、そんな予感はある。

まあ言葉通りに受け取ればタイミングはこちらが選べるわけだな。

「じゃあ……ティエラはエルフの国を、バロンとベルは神国か」

「あ、私も今回はティエラのところに行こっかな！」

ビレナが言う。

「あれ。何かあるのか？」

「んー。なんとなくね？　でもリントくんの寿命の話早くしたいのが一番かな！」

ああ……。

エルフの国がある程度復興しないと話が進まないと考えればそうか。

ビレナが復興の手助けになるのかは一旦置いておくとして……。

「なんか失礼なことを考えてる顔をしてる」

「いや！　えっと、となると残るのは……」

なんとか誤魔化して話を進めよう。

ルミさん、ミラさん、シーケスは当然ここに残るとして、リリィとアオイか。

「私も一度、神国に行っておきましょうか」

「リリィも行くのか」

「ええ。こちらのことは彼女がいれば大丈夫でしょう」

回復してすぐに各所を回り始めたルミさんのことを言っているんだろう。

確かにルミさんがいれば、今までほどリリィに頼り切りというわけでもないか。

「私は……政についてはこの国の常識を知らぬ故、今回は領地開拓を進められればと」

「ありがとう」

アオイは確かに文化が違うしな。

「カルメル卿や他の周辺貴族にもうまく協力を仰げばこの領地については当面問題ないでしょう」

「ならそうするか」

「あ、でも、ロム婆は見つけといた方がいいかもね」

「そうでしたね……」

「ろむばあ？」

アオイが疑問を口に出す。

「占い師のおばあさんなんだけど、実質鑑定士と言っていい凄腕なんだ。この領地に来る人たちは鑑定を受けてある程度向いてるところに回ってもらおうと思ってて」

「なるほどでござる。しかし、これだけの面々がいてわざわざ探すほどのとなれば……恐ろしい実力でござるな」

アオイの言う通りだった。

リリィは何でも知ってるような知識量だし、ビレナは直観で何でも解決できる。

この二人がいれば別にロム婆に頼らずとも似たようなことはできるとは思うが……。

「ロム婆は特別だからねー」

「能力面もそうですが、王国側の人たちにとっては知名度的にも大きな意味を持ちますしね。ロム婆の鑑定を受けられるというだけでこの土地に人が集まります」

「そこまでなのか」

バロンが驚いていた。

確かに俺ですら噂を知っていた都市伝説的な存在だしな……。

「ふむ……。興味がありますな。私はそのろむ婆探しといきましょうか」

アオイがやる気を見せる。

「ロム婆は占いの時以外は変装してるみたいだよ」

「年齢も男女も、時には種族すら変えて変装するらしいですね」

「なんと……」

ノーヒントすぎる。

「ただ、拠点は傍にあるガザ地方になるし、目撃情報は上がるはずだから」

「地道な話ですな」

「とはいえ、占いたいものがあれば勝手に来るような人だし、アオイなら向こうから来てくれるんじゃないかしら」

「ティエラも知り合いなのか」

「ええ。星の書についても何か知っているでしょうね」

「星の書か……」

これもアオイに説明が必要かと思って続けようとしたところで……。

「む……それはもしや、これでござるか？」

「それは……」

アオイが取り出した本には確かに、俺たちが持っている星の書と同じマークがある。

マークが一致しただけで、言語も火国のものらしく読み取れないのだが……。

「武士の書。刀の扱いについてはこの書物が最も優れていると龍族の間に受け継がれてきたものでござる」

「やはり持っていましたか」

「不思議な書物だが、こうも集まるものなのか」

バロンの疑問はもっともだ。

「引き寄せ合ってるみたい、ね」

ティエラが言う。

もしかするとそうなのかもしれないな。

誰が書いたのかも、目的も何もわからないけど、ひとまずこうして集まれたことは感謝して良さそうだった。

「ま、今は考えても仕方ないね！」

ビレナが言う。

ビレナらしい切り替えだが、今はそう考えるしかないからな。

「では、私、バロン、ベルちゃんが神国へ」

「私はビレナと国に戻るわね」

「リアミルは一応ティエラと一緒の方がいいか」

俺の言葉を聞きつけてリアミルが空中に突然姿を現す。

「女王様についていくのはいいけど、契約忘れるんじゃないわよ！」

「わかってるよ……」

「ならいいわ」

ふわふわとティエラの方に飛んでいくリアミル。

契約……テイムの時に交わした約束は、毎晩必ず喚《よ》び出すことだった。

要するに毎日構ってほしいという可愛い要望だった。

「神国への連絡は、私かバロンを喚び出せばよかろう」

「こちらからの連絡は時間がかかるが、毎日喚び出されていいように情報をまとめておこう」

ベルとバロンが言う。

「エルフの国のことは私が報告してあげるわ」

リアミルが腕を組みながらそう言う。

撫でてやると満足そうにしてくれていた。

「よーし。じゃあ明日から頑張ろー！　今日の夜はベルちゃんとバロンでいいんじゃない？」

「そうですね。毎日会うとはいえ離れますから」

「私たちが夢中になっちゃったせいで、物足りないわよね」

あれ……？

「そうだな。流石に生殺しが過ぎる」

「今日は邪魔なしで楽しませてもらうからな。ご主人」

「待った⁉　さっきあんなしたのにまだヤるのか⁉」

「それはリント殿だけだろう。私たちは結局何もできていないからな」

「まあこやつはあの後自分で三回はしておったがな」

「なっ⁉　ベルこそ自分で尻尾まで使っていじっていただろう！」

「こら！　それを言うなと言っただろう⁉」

さっきまでの真面目な空気はどこへいったのか、いつの間にかそんなやり取りになっていく。

結局言われるがままにバロンとベルと別れる前のエッチをすることになった。

二人とも満足いくくらいにはできたと思っておこう……。

◇

「そろそろご主人さまへ最初に授けられる爵位や勲章も決まってくるころでしょうね」

次の日、リリィが出発前にそんなことを言う。

そういえばそんな話もあったんだった……。色々ありすぎて忘れていたけど、この領地も本来はその話の延長だったな。

「ほんとになるんだなあ……貴族に」

「王都にも行かないとねー。そのうち」

「まあしばらくはいいだろう。こちらもやることが山積みだ」

ベルの言葉通りだ。

現状俺たちのパーティーは、この領地と神国、そしてエルフの国という三拠点のトップということになる……のか。

こうして考えるとなんかおかしな話だな。

やることとしては……。

神国の人の寿命問題を解決。

そのためにエルフの国の復興。

並行してこの領地を開拓……か。

邪龍の巣の問題を解消して、ロム婆を確保できれば、結構街として発展できるイメージはある。

まあ当然、それまでにやらないといけない細かい色々があるんだけど……。

「あれ……？」

もしかしてビレナってそういう面倒ごとに参加したくないからティエラのところに……？

「にゃはは。じゃあそれぞれさっさと済ませて、いつでもリントくんのところに再集合できるようにしておこうねー！」

「ふふ。じゃあまたね。リアミル、よろしく頼むわ」

珍しく緊張した様子のリアミルがうなずく。

次の瞬間にはもう、ビレナもティエラも森に消えて見えなくなった。

「さて、私たちも行くとするか」

ギルにまたがったバロンが言う。

「そろそろ私も飛べるなりなんなりを覚えた方がいいのか……？」

真剣な顔でそんなことを言うが、飛べるのが普通のパーティーがおかしい。

ベルもリリィも自分で飛べるからバロンは仕方なくギルに乗っているんだが……。

「グルァア」

「ギルは嬉しそうだし、いいと思うぞ」

「そうか。ならいい」

俺も自分で飛べるようになってるし、ビレナとティエラもよくわからないけど空中で移動できているからな。

バロンにはこれからも竜騎士として活躍してもらおう。ギルも強くなってきたしな。

「ではご主人さま、また」

「私はすぐ戻るかもしれんがな」

ベルが言う。

確かにリリィが神国に行くとなれば、ベルは過剰戦力だろうな……。

神国は問題がなければエルフ側の状況を待つしかできないし、すぐに戻って来られる気もする。

「気を付けて」

「ああ」

「グルゥァアアアアアア」

ギルが咆哮とともに空高く舞い上がる。

リリィとベルの二人もそれを追いかける形で空に消えて行った。

「結局アオイと俺だけか」

「ご迷惑をおかけするでござる」

「いや……むしろ俺が迷惑をかけそうなんだけど……」

まあ厳密にはアオイに迷惑をかけるというより、ルミさんになんだろうけど。

「まあひとまずはロム婆を探さないとか」

「そうですな。ですがりんと殿はお忙しいでしょう。一旦は私が回ってみるでござる」

「顔わからないのに大丈夫か？」

「話を聞く限りそれだけの御仁であれば見抜けるかと……」

アオイが目を文字通り輝かせて見せてくる。

目だけ精霊化しているような状態か。器用だな。

「もし何かあれば今のりんと殿なら私のことも喚び出せるはずでござる」

「そうなのか？」

「精霊憑依で身体を重ね合った故……」

ちょっとはにかみながらアオイが言う。

なんかそう聞くとエロいことをしてたみたいだな……。

「と、とにかく！　何かあれば喚び出してくだされ！　私は周辺の様子を見る意味でも一度飛び立ちます故！」

「ああ、気をつけてな」

「はいでござるー！」

自分の言葉で照れて、そのまま耐え切れずにアオイは飛び出して行った。

「さて……これで一人か」

「リントさん、これでしばらくはみっちり領地のことができますね？」

「うぐ……」

書類の確認、苦手なんだよな……。

表情を読み取ったのかルミさんがこう言った。

「はぁ……。時間があるなら書類と睨めっこしなくても大丈夫ですよ」

「え？　そうなの？」

「はい。いつもは時間がない中で一度にどこでも確認できるように準備しているだけで、今回はこちらにしばらくいるんですから直接私が伝えたり、場合によっては話を聞いてもらうことになります」

「話、かぁ」

「それは慣れてください。というより、いつまでも私が代理じゃおかしいじゃないですか！」

「それはもういいと思うんだけどなぁ……」

ルミさんはカルメル家という領主の娘だし、そのための勉強もある程度こなしてきている。

俺なんかよりよっぽど領地運営については詳しいはずだ。

「まあ……もうある程度は諦めていますが、それでもリントさんが対応しないといけないことはいくらでも出てきますから。今回は少しでも慣れてもらいます」

「ちょっとだけクエルの気持ちがわかった気がする」

「マスターでももう少し働きますよ？　ずっとギルドにいますし」

「まじか……」

「リントさん、マスターのことなんだと思ってたんですか……」

いや……。

まあ流石に何もしていないとは思っていないんだけど、クエルこそ重要なこと以外全部丸投げかと思っていた。

適当なことを言ってのらりくらりやってるイメージが強すぎる。

「何を考えているかはわかりますが……一応仕事はできるんですよ。あれで」

「イメージがつながらない……」

「今だって一応、私なしで回っていますからね。もちろん他に職員はいるんですが」

「なるほど……」

なんかそう考えると……。

「ちょっと、ちゃんとやらなきゃなと思った」

「ふふ……。まあリントさんはこれまで通り、方針だけ固めてくだされば問題ないですから」

そう笑顔でルミさんは言うと……。

「じゃ、早速ですがリントさんがいない間に決めないといけなくなった残り五十八項目について聞いていきますね」

「え……一応これまでも聞かれてたのにまだそんなに……？」

「なんならリントさんが領地に戻ったことを聞きつけた人たちもどんどん来ていますからね。サクッと終わらせましょう」

逃げそうになる心をなんとか抑え込む。

さらにルミさんは、俺のやる気を引き出すためにこう言った。

「今日はアオイさんとシーケスさんの番ですが、リントさんが望むなら私、仕事中でも少しサービスしますからね？」

ちらっと服のボタンを外して器用に乳首を見せつけてくる。

思わず手が伸びそうになるが……。

「はいっ！　続きは仕事を片付けてからにしましょう」

そう言ってあっさり隠されてしまう。

さっきまでそこにあったのになくなると、どうしてもまた見たくなってしまう。

「早く終わらせたら、ね？」

ルミさんの手のひらの上だとはわかっていても、それで出たやる気を存分に発揮して何とか諸々のやり取りや書類の処理を進めたのだった。

◇

「終わったー！」

「お疲れ様ですリントさん」

ルミさんも横でずっと一緒にやってくれていたし、絶対そっちの方が大変だったはずなんだけど、疲れを見せない笑みで労わってくれた。

ちなみにずっと俺のやる気を出させるためにおっぱいやら下着やらをチラチラ見せてきたり、休憩の度にキスをしてくれたりと随分我慢させられていて……。

「ルミさん……俺もう……」

「私もシたいのは山々なんですが……」

すっかりその気だった俺をあっさり躱すと、いつの間にか近くに来ていたシーケスを代わりに差し出す。

「この前は抜け駆けみたいになっちゃいましたし、今日はまずシーケスさんと……」

「私は……その……」

いつの間にか帰って来ていたアオイを見て、ルミさんが下がる。

「終わって余力があったら呼んでください。準備しておきますので」

ちらっと服をめくって下着を見せつけてくるルミさん。今日は本当にエロい。普段のあのしっかりした姿が少し崩れているところが何よりエロかった。

「主殿……もしルミ殿の方が良ければ……」

「いや……。でもシーケス、もう俺結構焦らされて我慢できないから、覚悟しておいてほしい」

「それは……ひゃっ⁉」

この作業部屋には都合よくというか、仮眠用にベッドが備え付けられている。

もう寝室まで移動するのも我慢できないくらいに焦らされてた俺は、ベッドに引き寄せたシーケスの服を強引に脱がして胸を露わにさせた。

「んっ……はぁ……主……殿……」

主にリリィのせいで感覚がおかしくなるが、シーケスも胸がないわけではない。揉みごたえがあって、ずっとルミさんに見せられるだけで触らせてもらえなかった鬱憤を晴らすように揉みしだく。

キスしながら胸を揉む。

最近わかったがシーケスはちょっと乱暴なくらいがいいらしい。

原動力はルミさんに焦らされたせいだったが、シーケスの趣向とは合っていて良かったかもしれないな。

「んっ……はぁ……はぁ……」

シーケスも頬を赤らめて準備ができてきたところで……。

「リントさん、すみません忘れ物です」

「えっ」

バッとシーケスが身体を隠す。

入ってきたルミさんはサラッとこう続けて……。

「どうぞ」

アオイを差し出してきた。

「じゃあ、あとはお楽しみください。あ、アオイさん、しばらく焦らされてたせいでなかなか凄いことになっているみたいですよ」

「るみ殿?!」

それだけ言うとルミさんは部屋を出て扉を閉める。

なんだろう……。脱がされたシーケスが困惑しているし、アオイは脱いでないのにシーケスより顔が真っ赤だし、色々状況に頭が追いつかないけど……。

「やろうか、アオイ」

「今日はその……」

「わかってる」

お尻はなしだろう。

あの姿はまだ他の面々には隠して楽しみたいしな。

その代わりアオイも加減してくれると信じてる。

「では……」

アオイが服を脱いでいく。

それだけで興奮してしまって……。

「いいでござるよ。先に始めてくださって」

「……わかった。シーケス」

「主殿……んっ」

すでに準備万端だったシーケスに挿れる。

「あぁっ！　あっ！　あぁ……主……殿……んっ！」

普段のクールさとのギャップが可愛い。

いじらしく甘えるように抱き着いてきて、表情でキスをねだる。

いじわるせずに応えて……。

「あっ……いつでも……んっ！　来て……くださ……んんんんんんっ！」

受け入れを宣言したことで想像したのか、一度シーケスがイく。

「あっ！　あぁっ！　申し訳……んっ！　あああぁっ！」

別にいいのに謝って来て、その罪悪感がさらに感度を増しているようにすら思えるほど、シーケスの反応が良くなる。

　だからあえて口撃を加えてみる。

「先にイったのか」

「んんっ！　申し訳……ああっ！　あっ！　あぁあああああっ！」

「お仕置きを兼ねて激しくするけど、いいよな？」

「んんんんんんんっ！」

　その言葉だけでイったあたり、シーケスのMっ気が溢れていて可愛い。

　そのまま言葉通りペースをあげて……。

「ああっ！　主殿……んっ！　んんんんんっ！」

「イくぞ」

「んっ！　ああっ！　あああああああああ！」

　何度目になるかわからない絶頂と共に、シーケスの膣内で果てる。

「はぁ……はぁ……主殿……」

　それだけ言うとシーケスは力尽きたように倒れ込んだ。

「改めてりんと殿が他の女子と致すのを見ていると、凄まじいでござるな……」

　誰より激しく求めてくるアオイだが、始まるまではこんな調子だ。

「今日はお互い加減するでいいんだな？」

「うう……あれは忘れてくだされ……。考えても見て欲しいでござる。私が一体何年、ああいった行いから遠ざかっていたか」

「あー……」

初めてではあったが、生きてる年数は全然違うわけだ。

「一人でその……慰める機会こそあれど……」

もじもじとアオイが言う。

ある意味ずっと悶々と過ごしてきたことになるもんな……。

男とするのは想像しかできなかったわけだし。

「うう……。とにかく！　今日はその、あのような獣じみた形ではなく……」

「わかってる」

優しくキスをして、そのまま抱きしめてアオイを横にする。

「んっ……ぷは……これはこれで、いいでござるな」

優しいキス。今日のアオイは舌も人間のものだった。

これはこれでいいというのは俺も一緒だった。

「挿れるぞ」

「いきなりでござるな」

そう言って笑うが、すでに準備ができているのはわかっている。

俺がシーケスとシてる間一人でシていたからな。

「んっ……入ってきて……あぁっ！」

「本気じゃなくてもここまでなのか」

「どうかしたでござるか？」

自覚はないようだが、前回同様絡みつくような感触に色々と持って行かれそうになる。

「気持ちいいってこと」

「それは……私もでござる……んっ！」

前回のように激しくするのだけを求めているわけじゃないことは、反応を見ればわかる。

優しく抱きしめて、キスをして……。

「んぅっ……はぁ……んっ！　あぁああ！」

アオイの興奮が高まり、吐息だったのが完全に喘ぎ声に変わっていく。

それでも前回のように逃がすまいとした強さで抱き着いて来ることもなく……。

「りんと殿……」

とろけた表情でキスをねだってくる。

「んっ……ぷは……はぁ……んっ！　んんんっ！」

キスしたまま腰を動かし、軽くイったアオイがさらに求めてくる。

力は柔らかいまま、それでも激しく求めてきているのがわかって……。

「ペースあげるからな」

「はい……んっ！　ああっ！」

動きを強めると、しがみつくように抱き着いて来る。

強すぎないし、自分から搾り取ろうとするわけではなく、それでも身体を密着させてなるべく多く俺を感じようとしてくれているような、そんなセックスだ。

「りんと……殿！」

「ああ……」

「んっ！　あぁぁあああああああっ！」

ドクンドクンと、膣内で果てる。

「はぁ……はぁ……」

「良かったでござる」

柔らかい笑みで、満足そうにアオイが笑う。

俺も良かった。

毎回あれじゃ、身体が持たない。

それに……。

「今日のアオイはこれはこれで、可愛くてよかった」

「んっ……恥ずかしいでござるな」

キスをしたらそう言って、甘えるように身体を寄せてきたのだった。

◇

結局シーケスとアオイはそのまま眠りについた。

俺ももちろん満足はしたし、そのまま眠りについてもよかったくらいなんだけど……。

「ふふ。リントさん、余力はありますか？」

「そんな恰好で来られたら余力なんてなくても元気になっちゃうから」

ルミさんが着てきた服はミラさんやバロンがよく着ているあの防御力ゼロの布だった。

正直これを期待していたから余力を残していた部分もあるが、その期待をいきなり越えてきた。

「ふふ。良かったです」

かろうじて乳首が隠れているだけで、ルミさんの綺麗な胸はほとんど露わになっている。

スカートも短すぎて何の意味も成しておらず、股間の濡れ方は下着越しに非常にわかりやすく伝わっていた。

「お二人、少し早かったんですね」

「ルミさんに焦らされた分、俺が早かったかもしれない」

それもこれも、昼間にルミさんに挑発されたから……。

あれ……？

「良かった。これで二人に搾り取られてしまっていたら私、我慢できた自信がないので」

そう言ってすぐ抱き着きながらキスをしてくる。

これもルミさんの作戦だとしたら恐ろしい人だ……。いや今はそんな余裕ない。

「んっ……はぁ……」

キスをしながら俺の股間を優しくタッチしてくる。

「もう私……我慢できないです」

「ああ……」

立ったまま、正面を向いて限界を訴えかけてきたルミさん。

服も服だし、このままやろう。

「えっ」

足を持ち上げたら一瞬戸惑われたが、すぐにそんなこと考えられなくした。

「んっ！　ああっ！」

足を持ち上げただけで下着は勝手にずれていたので挿入する。

「あっ……この体勢……いつもと違って……んんんっ！」

当たる場所がいいのかそれだけで軽くイったルミさんを見て興奮が増す。

「んっ！　ああっ！　激し……んっ！」

「焦らされたからな」

「だから……んっ！　お二人を挟んだのに……ああああああっ！」

「そんなこと考えてたのか」

腰を動かしながらもルミさんを問い詰める。

「ああっ！　んっ！　あああっ！　だって……んっ！　リントさんが本気できたら私……あぁっ！　壊れちゃぁああああああっ！」

「そんなこと気にしないでもちゃんと加減するのに」

「信用できませんからね!?　んっ！　あんなメンバーと……今だって二人の相手をしてすぐこんなあっ！　あぁあああ！」

「焦らしたのが悪い」

「だって！　んっ！　お仕事も……あああっ！」

もう会話は成り立たないが、それでもいい。

会話をしようとしては喘ぎ声にかき消されるルミさんが可愛いし、ルミさんも別に本気じゃないことはわかる。

本気じゃないというより、わざと挑発してきて、激しくされるのを求めているのが伝わってきた。

「あっ！　あぁぁっ！」

「今日はこのままイくけど……次は最初からルミさんとヤるから、覚悟しておいて」

「そんなっ！　んっ！　あああっ！　無理……壊れちゃ……んんんんっ！」

想像してイったらしいルミさんに追い打ちをかけるようにペースを上げていく。

「んっ！　ああああっ！　あああああっ！　もう……リントさんもう……！　んっ！」

「イくよ」

「はい……！　あっ！　あああぁぁあああああああああ」

同時に限界を迎えた俺たちは、ドロドロになりながらそのまま倒れ込んでいく。

「はぁ……はぁ……ミラさんに、怒られちゃいますね」

「その時はミラさんにお詫びしなきゃな」

「リントさん……元気過ぎ、です」

そう言ってそのままルミさんは眠りについた。

色々限界だったんだろう。

それだけ言って、三人に布団をかけて部屋を出た。

「いつもありがとう」

何故かやる気が溢れていたから、ちょっとだけ自分でわかる書類仕事を追加で進めて、ルミさんが起きた時驚かれたのだった。

第六章　イモータル

「さて、いよいよね」

あれからしばらく領地で過ごした。

ルミさんに助けてもらいながらなんとか色んな人との挨拶やら書類の処理やらを終わらせて、そのたびご褒美をもらう日々。

しばらくはアオイのほかは屋敷にいるメンバーということで新鮮だった……と、今はそれはいいとして。

「もう大丈夫なのか？」

エルフの国から戻ってきたティエラに問いかける。

「ええ。別にイモータルの準備をするだけならこんなものね」

「にゃはは。こんなこと言ってるけどティエラ結構頑張ってたからね。リントくんのために」

「ちょっとビレナ……」

ティエラがビレナを睨む。

まあおよそのことはリアミルから毎日聞いていたのでわかってはいたんだが、わざわざ言われたらそうなるよな……。

睨みながらも頬を赤くしているのが可愛い。

「とにかく、もう大丈夫。それよりこっちはどうなってたのかしら？」

「あー……俺は毎日屋敷にいて、一応何事もなかった……と思う」

正直言われるがままに作業をこなしていたからわからないところもある。

まあ順調に森だった場所に建物が建って行ってたし、人も増えてたのは良かったんだと思おう。

外の様子がわかるのはどちらかと言えばアオイだろう。

「私は周辺を散策していたでござるが……ろむ婆なる人物にはついぞ出会えず……」

「にゃはは。まあロム婆だもんね」

「面目ないでござる」

アオイは責任を感じているが仕方ないと思う。

ロム婆はなんだかんだこれだけ話をしていても会ったのは一回だけだ。

近くにいない可能性もあるしな。

「じゃ、とりあえずはイモータルに向けて動けばいいわよね。バロンの方も喚《よ》び出していいんじゃないかしら？」

「そうだな。あっちの様子はあんまり確認してなかったし」

毎日リアミルを喚び出して報告を受けていたエルフの国組と違って、神国組は一度呼び出すと面倒だと思って接触していなかった。

向かったメンバーもバロン、ベル、リリィ。

最高戦力のベルと、死んでも生き返らせるリリィがいる以上、特段大きな問題が起こらないと思っていたという話もある。

バロンがいれば二人のパワーでとんでもないことをやろうとしてもストッパーになってくれるだろう。ベルは常識枠のようでたまに壊れるからな……。

「一応ベルから喚び出したほうがいいのか……？」

俺がベルを喚び出して、トラブルがないか確認してからバロンを喚べば、万が一の場合バロンがベルを喚び戻せるはずだ。

「別にどっちからでも喚び出せそうだけどねー」

「まあそれはそうなんだけど」

バロンがいつの間にかベルの召喚が可能になっていたのも驚いたが、ベルが何をできるのか全貌がわからない。多分できるんだろうけど……。

「まあ一旦ベルを喚ぼう」

【魔物召喚】は繋がりを持った相手——俺の場合使い魔に喚びかけることで成り立つ。

喚びかけに応じるか応じないかは相手次第。パワーバランスによっては強制的に喚び出したりもできるが、俺の場合相手によっては強制的にしか喚び出せない。

具体的にはバロンなんだが……バロンを喚ぶと俺もコントロールできずにどんな状況でも強制召喚されるといういまいち使いこなせていない状況だ。

今のところはそんなに困ってないんだけど。

「じゃあ……」

意識を集中させてベルに喚びかける。

ベル相手なら、ベルの方がコントロールしてくれるから強制発動にはならないんだが、すぐに呼びかけに応じる手応えがあった。

空中にゲートのような空間の裂け目が発生しベルが現れる。

「私だけ喚び出したのか」

「バロンから喚んでも良かったけど、ベルの方が色々調整できるかと思って」

「賢明だな。だが今のところ異常はないぞ」

久しぶりに見たベルだが淡々としているな。

いや違うなこれは……。

「えいっ」

ビレナがベルの尻尾をおもむろに掴む。

「ひゃうっ⁉」

「にゃはは。可愛いー！」

「これやめんか！　今は溜まってて敏感――違う！　そうではな……ひゃっ！　んんっ！」

ビレナのおもちゃにされ始めたベルを横目に、ティエラが言う。

「たった数日でも溜まるものなのねぇ」

「ティエラも毎日シてたじゃん自分で」

「こらビレナ⁉」

顔を真っ赤にしてティエラもビレナの方に混ざりに行ってしまった。

「ご主人！　何とかしろ！　くっ……こうなったら……」

ベルの周囲に闇魔法特有の黒いオーラが放たれたかと思うと……。

「む⁉」

すぐそばにバロンが姿を見せていた。

ベルが強制召喚したんだろう。バロンは準備を整える余裕もなかったようでほとんど裸と言っていいくらい下着姿だった。

「あれ？　バロンもやる気だったの？」

「違っ⁉　リント殿！　ついにやったな⁉」

「いや、今回はベルだから無実！」

胸元を隠しながら睨んでくるバロンの姿に興奮するかしないかで言えばするんだけどそれは別だ。

「ベル⁉」

「仕方なかろう！　こやつらそうでもせんと止まらんだろう！」

「私のことを何だと思って――んっ⁉」

「脱いでるなら話は早いわね」

「そのために脱いでいたわけでは……リント殿！」

再び睨まれるが涙目なせいで可愛いだけだった。

というかバロンを喚び出したところでベルが解放されるわけはない。

「あ、ベル。二人がいなくなったらリリィはすぐ来るよな？」

「んっ！　今それどころじゃ……」

ビレナに尻尾をこすられてトロトロになっているベルにあえて聞く。

「あやつなら……ひゃっ……すぐ来るであろう……というより！　そもそもこやつらが来るなら先に伝える手段はいくらでもあったであろう！　んんんっ⁉」

必死に文句を言ってくるベルも結局今の表情では圧も何もなかった。

まあベルの言うことはもっともだろう。

ティエラたちが来るのがわかっていれば先に連絡したんだけど……。

「リアミルからそろそろとは聞いてたけど、精霊のそろそろっていつかわからないからなぁ」

最悪十年以上あってもそろそろと言い張る気がする。

まさか前触れなく来るとは思わなかったわけだ。

「失礼ね。私ももうだいぶアンタの感覚に合わせてるわよ」

リアミルが突然現れて言う。

「というか、こんな真っ昼間からヤるわけ……？　アンタ昨日も私とシたのに……」

「りんと殿⁉　昨日は私ともシてたはずでは⁉」

アオイから責める口調ではなく信じられないものを見る目をされる。

確かに結構体力のギリギリではあった。

「やるなぁ。リントくん」

「これは楽しみね」

ビレナとティエラも完全にその気だ。

その二人にもみくちゃにされたベルとバロンはもちろん、見ていたアオイとリアミルも表情で訴えかけてくる。

「ちょうどいいんじゃない？　リリィが来るまで」

そう言いながらビレナは豪快に服を脱ぎ、ブルンとおっぱいが放り出されるように解放された。

「……このまま始めるとリリィが着いたらまた搾り取られる気がしてるんだけど……」

「リリィが来たら回復してくれるからいいんじゃないかしら？」

「他人事だと思って……」

ティエラもその美しい肢体を惜しげもなくさらけ出す。

ベルとバロンもすでにほとんど裸になっているし……。

「りんと殿……」

股間をいじりながらトロンとした表情でアオイも迫ってくる。

リアミルを見ると……。

「私だけシないなんてこと、ないわよね？」

そう言いながらいつものように身体を大きくする。大きくと言っても小柄ではあるが、そういう行為ができるサイズだ。

「仕方ないか……」

「そう言いながらやる気満々じゃん～」

「さすが旦那様ね」

まずはビレナとティエラが近づいてきて服の上から股間に刺激を加えてくる。

同時に耳元に顔を寄せて来て、両サイドから……。

「んっ⁉」

「ふふ……ふぅー」

「どうかしら？　旦那様」

ぴちゃぴちゃと音をたてながら両方の耳が同時に攻められる。

耳だけではなく、しっかり乳首や股間にも刺激は加わってくる。

「私は学んだ故……今日は先に失礼するでござるよ」

「んっ⁉」

耳を攻めていたビレナとティエラに気を取られていたが、すでに脱がされて露わになっていた俺のモノがいきなり温かい感触に包まれる。

下を見るとアオイが咥えながら上目遣いで俺を見ていた。

「んっ……ちゅぱ……大きいでござる……」

目をトロンとさせながら、自分の股間にも手を伸ばしながら刺激を加えてくる。

「くっ……出遅れたか……」

ベルが遅れてやって来るが、さすがに混ざりはしない状態だ。

というかこれ……。このまま口でイかされたら持たないぞ……。

「んっ……まずアオイから……」

「あっ……」

「ふふ。リントくんが一回イったら交代だから」

「さっさと順番を回してもらうしかないな」

変なルールがくわえられたせいでアオイの腰を掴んで立ったまま後ろから挿入したというのに、俺の方への攻め手がやまない。

「くっ……」

「はぁ……んっ……大丈夫でござるよ……激しく……あああっ！」

こっちも余裕がないのを見抜いてアオイが声をかけてくれたのでペースを上げる。

俺がイったら交代だが、アオイが満足しても交代はできるはず……というかその方がいいだろう。

リリィがいつ来れるかもわからないのに全員とイくまでヤってたら身体が持たない。

ということで……。

「ベル。提案がある」

「ほう？」

「俺がイかなくてもアオイがイったら代わる」

「乗った」

ビレナとティエラよりは話が通じるベルに伝えると、すぐにベルがアオイの正面に行ってキスをした。

「んっ⁉　んんん」

「ふふ……ちゅ……ん……意外と良いだろう？　口を蹂躙されるように攻められるのも」

「んっ！　はぁ……んっ！　余裕が……なくなるでござる……あああっ！」

ベルの思惑通りアオイが感じるが、流石にこれだけのメンバーに囲まれてきたアオイも一筋縄ではいかない。

「ふふ……どうだ？　このままイけ――んんんんっ⁉」

「べる殿を果てさせれば、その分私の時間が増えるという理解でよいでござるか？」

いつの間にかベルの尻尾を掴んでいたアオイが反撃に移る。

「待て……尻尾はひきょ――ひゃっ……んんっ！」

「ん……ちゅぷ……ふふ……このまま……んんんんんっ！」

二人がキスを交わしながらお互いを攻め合う。

そんなの見せられて、こちらが我慢できるはずもなく……。

「待っ……りんと殿……んあっ！　まだ……ああああぁああああ」

「ふふん。挿れられたまま挑もうなど一万年は早い」

「次はベルだぞ」

「えっ……んんんんん！　いきなりすぎ……ああぁああ！」

アオイが自分で離れて休んだのを確認してすぐ、正面に残っていたベルの片足を持ち上げて挿れる。

「んっ！　ああっ！　待った……さっきまでのでもう……」

「ほう？　ではもう一押しというわけか」

「バロン⁉　お主……んんんっ⁉」

「ふふ……。一人でシているのは何度も見ているんだ。どこが弱いかもおおよそはわかる」

「くっ……」

ベルはわかりやすく尻尾が弱点ではあるが、バロンは俺が正面から挿入しているベルの背後に立つと、後ろからクリトリスを狙って刺激を始めた。

「あぁっ！　待った……それは……んんんんんっ！」

「よし。この調子で……」

「お主……はぁ……はぁ……私に挑んできたということは、覚悟はできておるな？」

「んっ⁉」

挿れられながらもベルが反撃して……さっきもこの流れ見たな。

「あっ……んんっ！」

「二人ともやっちゃえばいいってことだよね？」

「そうねぇ。リアミル、一緒に攻めましょうか」

「女王様と⁉」

「待て……お前たちが参加するのはずる……んんんっ⁉」

結局ビレナとティエラも、そしてティエラに誘われたリアミルも参戦したことでごちゃごちゃになりながらも、なんとか全員の相手を終えて……。

「あらあら……。すごいですね」

「何も言わずに脱ぐな」

「でももう、こんなの見せられて我慢できるはずないですよね？」

俺に回復魔法をかけながら服を脱いで迫ってくる。

言葉通り、一瞬でびしょびしょになっているのは確認できた。

結局リリィが来てからもう一度全員の相手をすることになって、そのまま寝室に倒れ込むように全員で眠りについたのだった。

◇

「なんかすごいな」

全員が集まった次の日、ティエラたちが準備を終えたというエルフの国の一角に来ていた。

「にゃははー。祭壇！」

ビレナの言う通り、準備された空間はこれから何が始まるんだというほど豪華な装飾が施された謎の道具が大量に並ぶ壇が用意されていた。

森の中というのもあるが、祭壇の中央はひときわ大きな木になっている。

「新しい神木……？」

「んー……そうなるといいけれど、しばらくはむしろ、ここに私たちがいることで森を育てないといけないわね」

元々神木のあった場所……最終的にはグランドエルフと一体化したあの場所と、ティエラたちが拠点とした場所は異なっている。

同じ森の中ではあるというかこのあたり一帯は全て森なので、以前までの俺ならたどり着けなかった可能性がある。

流石にもう森の歩き方もわかってきたし、リアミルとの繋がりのおかげか森の中では感覚的に歩いてもある程度目的地にはたどり着けるようになっている。

逆に言えば普通は見つからない秘境ということだ。

「森って育てるもんなんだな」

「私たちが近くにいることで、この地に魔力が循環する。私たちもその魔力で生活していく……。本来エルフはそうやって、森と共生していくわ」

「そうなのか……」

なんとなくだが、エルフは森の力を一方的に借りているようなイメージだった。

だがこのあたりもティエラの考えと、長老たちの考えの差の一つだったのかもしれないな。

「ま、それはそうとさっさとやっちゃおー！」

待ちきれないビレナが急かす。

仕方ないなという笑みを浮かべながら、リリィがまとめる形で話し出した。

「ご主人さまとバロンにティエラが術をかけるだけといえばだけですが、森の魔力の流れをうまく誘導して利用しなければいけません」

「私は何かした方がいいのか？」

バロンが緊張した面持ちで聞く。

俺も聞いておかないとだ。

「じっとしていれば大丈夫です。ただ……ティエラと、ティエラが呼びかける精霊たちに身を委ねる必要はありますね」

「わかった」

「俺はいつも通りと言えばいつも通りか」

「そうですね」

相手に身を委ねたり、相手を信頼するというのは精霊憑依で散々経験してきている。

ビレナもリリィも何も言わないということは、そこは問題ないんだろう。

「ティエラに負担がかかったりするのか？」

「そうね。少し疲れるけれど、私の魔力ではなくあくまでこの森に流れる魔力と精霊たちの力を借り受けるだけだから、そこまで心配しなくても大丈夫よ」

ティエラが笑う。

「むしろ問題は森の魔力が足りるかどうかだけど、リントくんちょうどいいもん持ってるもんね」

「え？」

戸惑う俺にティエラが言う。

「最長老――グランドエルフの魔力核のエネルギーを利用しようと思っているわ」

「あー！」

森の魔力を枯渇させるほど吸い上げた長老たちの魔力に加え、神木と一体化したことで生まれたグランドエルフ。

その魔力核なら確かに、膨大なエネルギーを持っているだろう。

「これか」

収納袋から取り出してティエラに渡す。

「ええ」

ティエラが受け取ると、核は空中にひとりでに浮かび上がり、光を放ち始める。

「もう始まるのか」

「む……」

バロンは相変わらず緊張していたが、否応なしに身体が光に包まれていく。

俺も同じで、しばらくそんな感じでティエラが目をつむり手を組んで祈りを捧げるようにしていると……。

「終わったようだの」

パアッと、光が弾ける。

先ほどまで空中に浮かんでいた魔力核ごと光が霧散して消えて行って……。

「どうどう⁉」

ぐいぐいビレナが近づいてきて匂いを嗅いでくるが……。

「いや……別に何か変わった感覚はないというか……少なくとも匂いは変わらないと思う」

「あっ」

ビレナが慌てて身体を離す。

エロいことは抵抗がないのにこの手のいわゆる獣っぽい動きは恥ずかしがる。まあそれだけパーティーメンバーにも心を開いているということなんだろうな。

「私も実感はまだあまりないが……それでも何か、不思議とこの空間の居心地が良くなった気がするな」

「精霊が味方になったようなものですからね」

「精霊が……」

「お主は元々精霊とも相性は悪くないからな」

ベルが言う。

「そうなのか？　ダークエルフってなんかその辺エルフと逆な要素でもあるのかと思ってた」

実際闇魔法の使い手だし、精霊魔法が真逆とは言わないが、系統は離れているように思えていた。

「ダークエルフは別にエルフの逆ではないからな。むしろ近しい要素も多くある。エルフと違うのは集団での行動がないくらいのものだろう」

「そもそも私もバロン以外のダークエルフって見たことないもんね」

「ビレナでもか」

人間、天使、獣人、エルフ、悪魔、龍というメンバーの中ではそんなに目立たないが、もしかすると一番レアだったりするのかもな。

この話題は特に続けるつもりがあるメンバーがいない様子で、それを見計らっていたアオイが俺にこんなことを聞いてきた。

「りんと殿……。変わりないと言っていたでござるが、力は増しているのでは？」

「え……？」

そう言われてちょっと集中してみると……。

「お……」

身体に流れる力の質が何か、変わったような感覚がある。

「精霊たちが味方しやすくなった……といったところかしら」

ティエラの言葉を受けるようにして、リアミルが姿を見せた。

そして何故かにらんでくる。

「アンタ……」

「なんで機嫌悪いんだ」

「こんなに精霊たくさん従えてたらそのうち私みたいなのも出てきちゃうじゃない！　何体精霊侍ら

すつもりよ⁉」

「侍らすつもりはない……」

「それで言うとリント殿はすでに今さらではあるしな」

「それは……確かに……」

バロンの言葉にリアミルが渋々という様子で納得する。

いや……なんか俺がちょっと納得いかない気もするんだけど……まあいいか。

リアミルはジト目で睨んできているが、さっきほど怒りを感じはしないしな。

「これでお二方も死ななくなったということでござるな？」

「そだねー。試す？」

「やめろ！　躊躇いなく拳を構えるな！　お前のそれは凶器だろう」

バロンが本気で怯えていた。

いや、ビレナが割と本気だったな……。別にバロンだけじゃなく、俺に対しても……。

「別に今この場で殺しても死なない程度ではこれまでと変わりませんし、試す必要はないでしょう」

「あ、そっか」

リリィが怖いことを言ってビレナを止めてくれた。

言ってることはいつも通りなんだけど二人とも色々怖い……。

「ともあれ、これでご主人は死ににくくなったことも事実であるし、寿命という概念から解放されることが大きいだろうな」

「頼もしいでござるな」

実感はないが、そういうことらしい。

バロンもよくわからないという表情を浮かべながらも……。

「なに……。我々が付いていけておらんのは今に始まったことではない」

そう言って笑いかけてくる。

「確かに……」

初めて王都に行ったとき、ビレナに誘われたときからずっと、俺は付いていくのに精一杯なくらい激動の冒険者人生を歩んでいる。

そう考えればあまり変わっていないんだろう。

「よーし。じゃありントくんも死ななくなったし、バロンも強くなったんなら、シよっか？」

「は⁉」

突然のビレナの発言。

流石にどうかと思ったが、リリィとティエラの顔を見て確信した。

「最初からそのつもりだったのか⁉」

「ふふ……。この場所は結界で封鎖したわ」

「祭壇も半分くらいそのためだもんねー」

「え⁉」

「森の中という条件は必要でしたが、まあそうですね」

無茶苦茶すぎる。

「じゃあまずはバロンが何回イけるようになったか試そっかー」

「待て⁉　死ななくなったからと言ってそんなもの変わるはずな――待て脱がすな⁉」

「ベルちゃんとアオイも、いいですよね？」

「……逃げられるのか？　ここから」

「私は無理でござるな……」

「リアミルもまた一緒ね」

「えっ……その……女王様？」

ビレナ、リリィ、ティエラの無茶苦茶さに振り回されているのは俺だけじゃないようだ。

「ふふ。じゃ、いただきまーす」

ビレナに襲い掛かられて、結局パーティーメンバー全員の相手を再びすることになったのだった。

◇

「リントくん、やっぱ強くなってるね」

ひとしきりヤり尽くしたあと、ビレナが言う。

「そうなのか……？　いやそうなのか……」

冷静に考えてパーティー全員を二周……。

リリィの回復魔法があったとはいえ、ここまでヤって普通に話ができるくらいでいられるのは確かに……。

「アンタ、強さの基準それでいいわけ？」

ジト目でリアミルに睨まれる。

すでに精霊のサイズに戻っているので近くでふわふわ浮いてから、肩に乗りながらだ。

「いや……」

ただまぁ、グランドエルフ戦のような強さが必要な場面はそこまで多くあっても困るか……。

邪龍に向けては考えないといけないけど。

「そのうちミラとかも不死身にした方がいいのかなー？」

ビレナがふとつぶやく。

「できるのか……？」

俺の問いかけにリリィが考え込んで……。

「死ぬほど鍛えればあるいは……でしょうか？」

「不死身になる前に死ぬのではないのか……それは……」

ベルに突っ込まれていた。

「そういう意味では、シーケスだけは現実味があるかもしれんな」

「確かに」

バロンの言う通り、シーケスは現時点ですでにSランク相当になっていると思う。

そう考えるとイモータルで存在の格を引き上げて不死身化するという流れは果たせるかもしれない。

一旦今のところ命の危険があることは任せていないし、後々考えるとするか。

「これ、めちゃくちゃすごい魔法だけどティエラは負担ないのか？」

「あれだけエッチしたのに今さらじゃない？」

ビレナが笑う。

「もう……。でも、心配しなくて大丈夫よ」

ビレナの言葉に照れながら、ティエラが続ける。

「この魔法は私自身の負担はほとんどないから」

「そうだったか」

元々エルフの魔法は人間と違い、周囲の魔力を利用する。

それでなくても無尽蔵と思えるほどの魔力量を誇るエルフだが、魔力の扱いまでうまいのだ。

とはいえ心配にはなるんだが……。

「女王様がまずい状況なら私が止めるわよ」

「それは頼もしいな」

リアミルを撫でる。

気持ちよさそうに目を細めていた。

「では、ロム婆を探して領地開拓に戻りましょうか」

「うう……面目ないでござる」

「いえ。ある意味邪龍を倒すよりも難しいですからね……あの気まぐれな老婆を見つけるのは」

リリィが言う。

というかそこまでなのか……。

「にゃはは。まあそのうち出てくるでしょ」

「珍しい魔物でも探しているような口ぶりだな……」

バロンが言う。

確かにそういうことか……。

まあそうなるとそんなに急ぎではないというか、領地に人が集まってくるまでにいればいいんだろう。

領民全員を鑑定してもらって適材適所で伸ばして行く。

でなければ、神国民の魔法適性の高さで格差が生まれてしまうという理屈だったはず。

なかなかに力業ではあるが、いつも通りと言えばそうだろう。

フレーメルには鑑定士のアヤリもいるし、そういう人材に今後集まってもらっていければ、ロム婆一人に負担が偏りにくいか。

「りんと殿はこれだけ真面目な姿、領地でるみ殿に見せてあげればよかったのでは……？」

アオイに言われる。

「そんな真面目に見えたか？」

というより……ルミさんといるときはそんなに不真面目に見えてたんだろうか……。確かに甘えがちではあったけど……。

「まあ考え込んでも仕方なかろう。ご主人が色々考えていることくらい、あやつならわかっておる」

「でなければあそこまで献身的に準備はしないだろうからな」

ベルとバロンが二人で慰めてくれた。

「旦那様はもう寿命の概念がなくなったのだし、もう少しのんびり生きてもいいわね」

「ティエラが言うとなんか、実感がこもってるな……」

「にゃはは。まあのんびりやってこー」

「俺がのんびりなら……やっぱりルミさんにもイモータル頼んだ方がいい気がしてきたな……」

もちろんかかわった相手はみんなという感じだが、今の俺の状況を考えるとルミさんは欠かせなさすぎる。

「そのあたりも今後考えていきましょうか」

リリィがまとめてくれる。

俺たちが真面目な話をしていることを感じ取ったのか、キュルケとギルが戻ってきていた。いつもそういうことが始まると空気を読んで離れてくれるからな。

「きゅっ！」

可愛らしく鳴いたかと思うと……。

「あれ？　なんか剣が豪華になってないか？」

どういう原理かいつの間にか取り出せるようになっていたキュルケの剣が、心なしか強そうになっていた。

「おお……りんと殿が強くなったことで、この子も一段と成長したでござるな」

アオイが嬉しそうにギルを撫でながら言う。

本当にいつの間にか仲良くなってくれているな。

「それで言うと精霊も力を出しやすくなってるわよ」

リアミルに言われてカゲロウを喚び出してみると……。

「きゅくー！」

「おおっ」

これまでよりもどこか近い気がする。

物理的ではなく、精神的なというか、今なら精霊憑依ももっと深く一体化できる自信があった。

これがイモータルの恩恵か……。

「自分が精霊みたいなもんなんだから当然ね。これで長老が暴れたって、今度は私たちだけで何とかできるわ！」

リアミルが言う。

グランドエルフとの戦いでは、最後はアオイに頼ったからな。

俺と精霊憑依で戦ってくれていたカゲロウとリアミルは二人なりに悔しい思いをしていたようだ。

そしてそれは、俺だって同じだ。

「邪龍は俺たちで戦うからな」

「当然よ」

「キュクー！」

やる気を出す二人に合わせる形で、キュルケも任せろと胸を張る。

ギルもアオイのおかげで自信を持って参戦の意志を示してくれていた。

頼もしい仲間たちと共に、次の目標に向けて決意を固めたのだった。

エピローグ

「おお……力が……力が戻るではないか」

暗く閉ざされた闇の中で、静かに動き出した影があった。

「ふむ……寝床にしたつもりが随分とまぁ……」

大陸でも珍しい地上に空いた大穴の奥底。

リントたちが何度か訪れたその場所は、大陸ではこう呼ばれている。

――邪龍の巣

過去の偉人たちによりなんとかこの場所に封じ込め、厳重に封印を施していたことですら、邪龍からすればただの昼寝感覚だった。

稀代の聖魔法使いである聖女リリルナシルの封印の補強のおかげですぐに動き出すことはないが、それももはや、この地に眠っていた邪龍にとっては、ベッドの上でまどろむ程度の感覚だ。

「この調子で力が戻るならば……」

邪龍が考え込む。

いや考え込むというほどのこともない。

ただ戯れに色々と頭を巡らせるのだ。

懐かしい匂いに、楽しそうなおもちゃの気配。さらに封印に関わる相手も、邪龍が退屈しのぎを果たすに足る相手だと判断する。

逆に言えば、アオイやリント、リリィをはじめとしたパーティーメンバーですら、邪龍にとってはその程度。

「眠っておったおかげで力も漲《みなぎ》っておるわ」

軽く身体を起こしただけで、周囲には激しい振動が伝わったことだろう。

邪龍の魔力におびき寄せられ、あるいはその魔力を受けて生み出された魔物たちも、慌ただしく巣の主の目覚めを感じ取っていた。

「不思議なものよの。眠っておるだけで、否……こうしておるだけで力が戻るなど。まるで何か、吾輩に与したい者でもおるかのような……」

不穏な空気が漂うそのダンジョンに、さらに不穏なオーラを纏う主、邪龍の声が響く。

強大な相手が眠りから覚めたことに、リントはもちろん、強力なパーティーメンバーたちも気づいていないのだった。

あとがき

あっという間に四巻になりました。

もう漫画も四巻が先に出ていますし、後からGCノベルズで始まった錬金王さんの『独身貴族は異世界を謳歌する』にも追いつかれて……とマイペース進行ですが、こうしてずっとリントたちの冒険の日々をお届け出来ていて幸せな限りです。

デビュー作こそ違いますが、この作品は私が初めて編集さんにお声がけ頂いた、プロデビューのきっかけの作品です。

デビューから三年半になりますがこうしてデビュー作をまだ書けるのは本当に幸せで、お手に取っていただいた皆さんや関係者の皆さんへの感謝は絶えません。

さて、ちょっとしんみりしましたが別に終わるとかではなく、むしろ次巻の構想も今まさに練っているところです。

そう。ついにWEB投稿分を使い果たしたので、構想を練る必要が出ました。

目下の悩みはパーティーメンバーが増えすぎて順番にエッチしてるだけで結構な文量になること。

これではリントは冒険せずにエッチ三昧だけというとんでもない男になってしまうので、ちゃんといいところも見せてもらえるように頑張っていきます。


カバー袖の近況にも書きましたが作者はお店とかやりはじめました。

リアルテイマー生活もここまで来たかという感じです。

2024年の2月くらいにオープン予定なので、キュルケ（と同じくらいもふもふのチンチラ）とか、ギル（っぽいかもしれないイグアナ）とか、カゲロウ（に似てなくもないミーアキャット）とか、見に来てもらえたら幸いです。

X（@binturong_toro）にて、諸々発表していくので興味ある方はぜひチェックしてください。

作者もちょこちょこ店に顔出します。


最後になりましたが、大熊先生、いつも素敵なイラストありがとうございます！

また関わっていただいた多くの方に感謝を。

そしてお手に取っていただいた読者の皆さん、これからも末永くよろしくお願いいたします。

すかいふぁーむ

小説４巻発売おめでとうございます。
コミカライズでもキャラクターが増え賑やかになってきました。
小説共々、応援よろしくお願いします。

真鍋譲治

RINT
設定資料集 リント①

FRONT

アクセサリー

収納

REAR

短剣

CHARACTER DATA FILE

CHARACTER DATA FILE

KIRCHE
設定資料集 キュルケ①

FRONT

サイズ

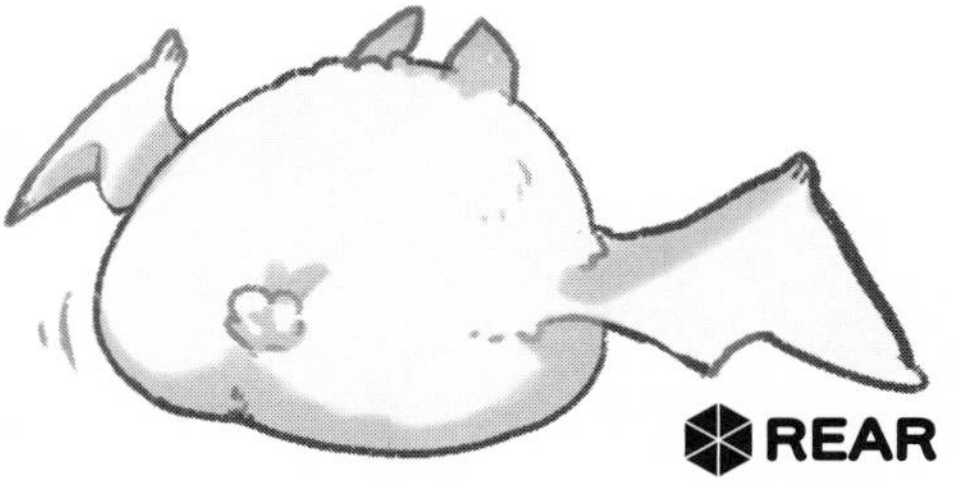

REAR

表情集

GILL & KAGEROU
設定資料集 ギル＆カゲロウ①

本体（翼・鞍なし）

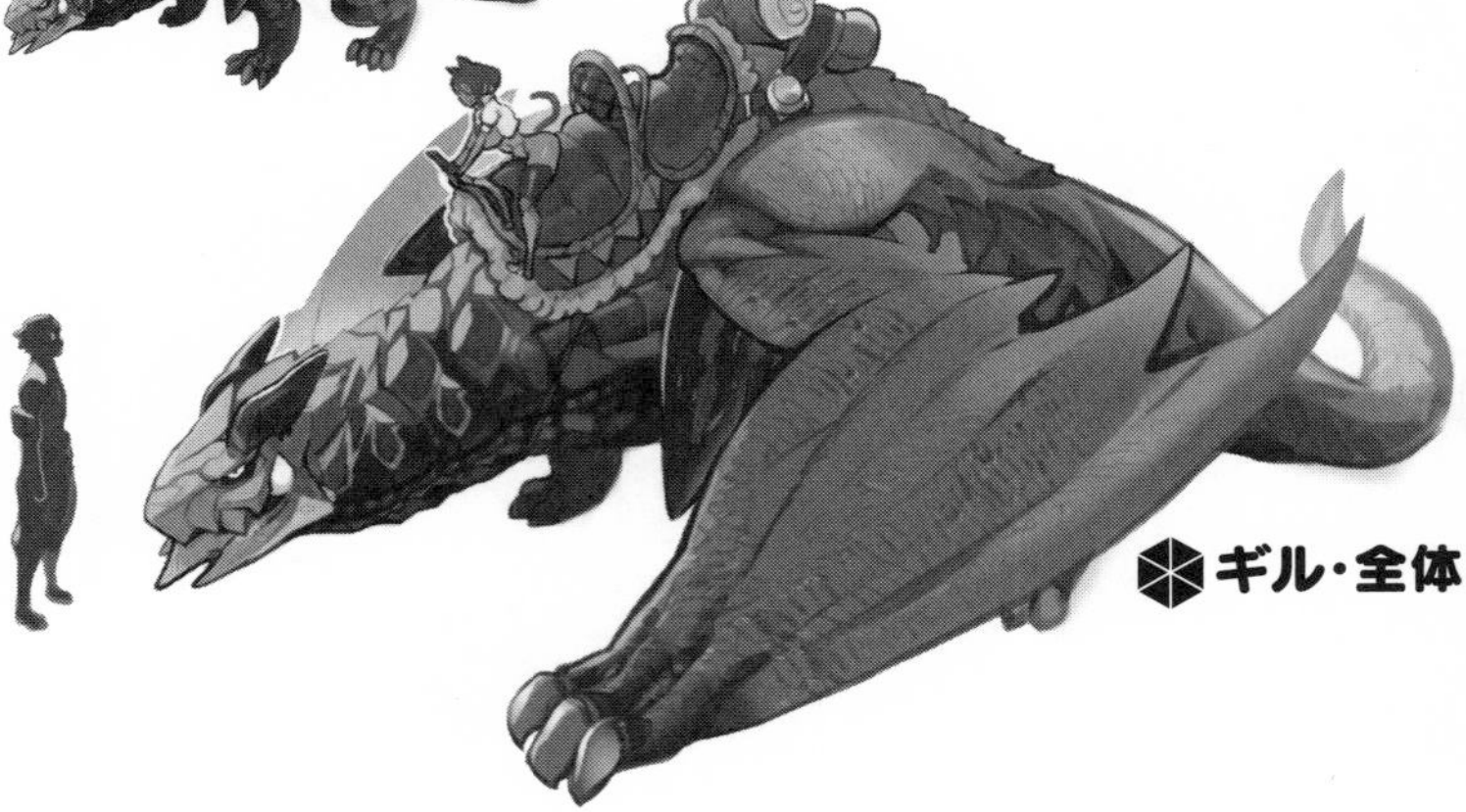

ギル・全体

顔アップ

カゲロウ・全体

BALON
設定資料集 バロン①

紋章

鎧・前後

斧との対比

FRONT

GC NOVELS

脱法テイマーの成り上がり冒険譚 4
～Sランク美少女冒険者が俺の獣魔になっテイマす～

2024年1月5日初版発行

著者　すかいふぁーむ

イラスト　大熊猫介

発行人　子安喜美子

編集　川口祐清

装丁　森昌史

本文DTP／校閲　鷗来堂

印刷所　株式会社エデュプレス

発行　株式会社マイクロマガジン社
〒104-0041 東京都中央区新富1-3-7 ヨドコウビル
［販売部］TEL 03-3206-1641／FAX 03-3551-1208
［編集部］TEL 03-3551-9563／FAX 03-3551-9565
https://micromagazine.co.jp/

ISBN978-4-86716-514-0 C0093

本書は小説投稿サイト「小説家になろう」（https://syosetu.com/）に掲載されていたものを、
加筆の上書籍化したものです。

ファンレター、作品のご感想をお待ちしています！
宛先　〒104-0041　東京都中央区新富1-3-7　ヨドコウビル
株式会社マイクロマガジン社　GCノベルズ編集部「すかいふぁーむ先生」係「大熊猫介先生」係

「美人でお金持ちの彼女が欲しい」と言ったら、ワケあり女子がやってきた件。
モンスターの肉を食っていたら王位に就いた件
クラスメイトの元アイドルが、とにかく挙動不審なんです。
魔女と傭兵
恋も青春も、ファンタジーも。
GCN文庫
最新情報はコチラ!
https://gcnovels.jp/gcnb
放課後の迷宮冒険者 ～日本と異世界を行き来できるようになった僕はレベルアップに勤しみます～
『人斬り』少女、公爵令嬢の護衛になる
世界で一番『可愛い』雨宮さん、二番目は俺。
ハズレルーン使いの異世界冒険譚
'23年12月発売!
毎月20日頃発売